Adam Zagajewski
Der dünne Strich

Roman

Aus dem Polnischen
von Olaf Kühl

Carl Hanser Verlag

Titel der Originalausgabe:
Cienka Kreska

ISBN 3-446-14040-9
Alle Rechte vorbehalten
© 1985 Carl Hanser Verlag München Wien
Schutzumschlag: Klaus Detjen, nach einer
Zeichnung von David Hockney, Mo, Paris 1973.
© David Hockney 1973
Satz: LibroSatz, Kriftel
Druck und Bindung: Appl, Wemding
Printed in Germany

I

Ich heiße Henryk Oset. Ich stehe vor dem mattglänzenden Spiegel im Waschraum des 2. Klasse-Abteils, halte mich am Metallgriff fest, wasche mein Gesicht und betrachte es aufmerksam. Unter dem Seifenschaum sehe ich die vertrauten Züge meines Gesichts, die ich nie so richtig kannte; jetzt sind sie ohne jeden mimischen Ausdruck, wie beim Rasieren, die Maske eines Mannes in mittlerem Alter, der mit sich selbst spricht. Der Waggon schaukelt, bebt, knarrt, an den Weichen springt er hoch, beruhigt sich dann und gleitet leise und glatt, lautlos dahin. Ich bin glücklich, sehr glücklich, ganz ohne Grund, ich freue mich einfach, daß der Zug dahinjagt, daß etwas Neues beginnt, ein leeres Kapitel.

Kurz darauf schaue ich aus dem halbgeöffneten Fenster und sehe einen Lehmstreifen im doppelten Licht von Scheinwerfern und der Morgensonne, Holzverhaue, Stacheldrahtrollen, riesige Betonskulpturen, ich verstehe zunächst nicht, was das ist, was es sein kann, errate aber bald, daß es der tönerne Vorhang ist, der unter den Rädern meines Zuges vorbeizieht. Eigentlich ist er aus Eisen, aber man weiß ja, daß die Namen den Dingen, die sie bezeichnen, nie genau entsprechen, denn die Namen leben ihr bequemes Leben im Wörterbuch, wie die Abgeordneten im Parlament, während die Dinge unter freiem Himmel biwakieren müssen, naß werden, frieren, rosten, sich abwechselnd zusammenziehen und ausweiten. Ich lache, ich biege mich vor Lachen, ich glaube zu träumen – was soll diese Ausstellung von Betonfiguren, die zu beiden Seiten des Eisenbahngleises stehen, was soll das, so viele spitze Gegenstände, so viel Lehm, meine Fröhlichkeit verschwindet nicht, aber die Luft entweicht aus ihr, und dann ist es plötzlich Angst.

2

Der Soldat, der die Papiere kontrollierte, sah, daß ich gerade Geburtstag hatte, den neununddreißigsten, er gratulierte mir ironisch, es war zwei Uhr nachts, der Geburtstag noch kaum geboren, die ärgerliche Zahl 39, die nach Abrundung verlangte und gewiß bald abgerundet werden würde, so manches Mal.

»Der Herr hat heute Geburtstag«, informierte der Soldat die Zollbeamtin, eine hochgewachsene, hagere Frau, die den Duft eines starken nächtlichen Kaffees ausströmte, bestimmt türkisch gekocht. »Na, dann wollen wir den Herrn nicht allzu sehr belästigen«, erklärte sie. Ich spürte, daß sie mir meine Sünden nicht aus Großherzigkeit, sondern aus Trägheit vergab, der Kaffee hatte sie nicht völlig aufgeweckt. Vor einer Kontrolle fürchtete ich mich ohnehin nicht, ich hatte nur meine Arbeiten bei mir, meine harmlosen Arbeiten.

»Dann sind Sie noch Jungfrau, Sternzeichen Jungfrau?« Der Soldat war noch einmal in mein Abteil zurückgekommen, er steckte seinen Stempel in die Ledertasche, die ihm wie ein Jagdglas um den Hals hing. »Letzte Dekade der Jungfrau, wie?«

»Ja, noch Jungfrau«, antwortete ich flüsternd, denn ich wollte meinen einzigen Abteilgenossen nicht wecken, einen älteren Herrn mit üppigem, grauem Schnurrbart, der im Schutze seines faltenreichen braunen Mantels schlief.

Ich merkte, daß er mich wohlwollend und neidisch zugleich ansah. Täglich fertigte er Reisende ab, die in jene Richtung fuhren, er selbst aber blieb an seinem Ufer. »Sie haben wohl ein Stipendium?« fragte er höflich und ließ mich spüren, daß er sich jetzt bereits ganz privat unterhielt. »Ja, ein dreimonatiges Stipendium«, antwortete ich ihm, diesmal mit Vergnügen, denn ich freute mich schließlich über diese Reise in den Westen und erzählte gern davon. »Und wohin?« fragte der Soldat noch.

Ich zögerte, die Unbestimmtheit des Bestimmungsorts schien auch mir reizvoller als der Name der konkreten Stadt. »Nach Berlin«, sagte ich schließlich, »nach West-Berlin.« Der Soldat schien etwas enttäuscht, er nickte, ohne etwas zu erwidern, vielleicht hatte er einen vielversprechenderen Namen erwartet. Er war jung und braungebrannt, hatte eine Stupsnase, die scharlachrot war von frischer Sonnenbräune, und die dünnen Augenbrauen eines Albinos.

Ich schloß die Augen, hielt den Umriß dieses unfertigen, erst skizzierten Gesichts auf der Netzhaut fest und schlief sofort ein. Ich träumte, ich wollte zwei Zahlen durcheinander teilen, und sie sträubten sich dagegen, gingen nicht ineinander auf, fänden keinen gemeinsamen Nenner, plagten sich miteinander ab.

Als ich die Augen wieder öffnete, war der neugierige Soldat schon lange fort, der Zug fuhr wieder, die Tür des Abteils war geschlossen, die angeschmutzten Vorhänge vorgezogen, der ältere Herr schnarchte ruhig unter dem Dämpfer seines wollenen Mantels.

Ich betrachte erneut mein Gesicht, sehe die neununddreißigjährige Haut, die neununddreißigjährigen Haare. Ich habe ein längliches Gesicht und eine scharfe Nase, in den letzten zehn Jahren bin ich dünner geworden. Wenn ich ein biblisches Alter erreiche, werde ich zu den ausgedörrten Greisen gehören. Mein Haar ist noch ziemlich dicht, nur ist es matt geworden, es glänzt nicht mehr wie früher, widersetzt sich den ordnenden Bewegungen des Kamms nicht mehr, es hat sich zu langem Schlaf an den Schädel gelegt.

Ich trat auf den Gang. Vor dem Fenster zog die reich vergoldete Siegessäule, auf hohem Sockel stehend, vorbei. Das mußte schon West-Berlin sein, aber ich meinte – so hatte mir jemand zu Hause erzählt –, der Zug müsse sehr lange durch die Stadt fahren, bevor er den Hauptbahnhof erreiche. Deshalb schaute ich in aller Ruhe zu, wie einige wenige Passagiere beim ersten Halt aus dem Zug stiegen, und dachte an das Bild, das ich auf dem vorherigen Bahnhof gesehen hatte: Auf einer schmalen Brüstung, gleich einem Schwalbennest, wohl fünfzehn Meter hoch über den Bahnsteigen, stand ein Wachposten. Er hatte eine ganz besondere Aufgabe, für diesen Posten wurden zweifellos Männer mit Adleraugen ausgesucht. Der Wächter hatte den Korridor zwischen den Holzverhauen zu beobachten und aufzupassen, daß dort keine menschliche Gestalt auftauchte, keine unvorhergesehene und unzulässige menschliche Gestalt. Von unten, vom Bahnsteig oder aus dem Zugfenster gesehen, schien der Wächter übernatürliche Ausmaße anzunehmen. Er hatte lange Beine in grünen Breeches, einen Insektenrumpf, der in der Uniformbluse steckte, und einen kleinen Kopf, der in der Pastete der steifen Mütze saß.

Der Zug fuhr durch das Stadtzentrum, vorbei an den Rückseiten eng miteinander verwachsener Mietshäuser, die von den Narben der Balkons, von Hintertreppen, rostigen Dachluken, hölzernen Taubenschlägen bewachsen und von Fernsehantennen und den Klumpen der Schornsteine beschwert waren. In den Fenstern bewegten sich Hausfrauenarme, die die Scheiben putzten, Staublappen ließen ihren formlosen Inhalt auf den Beton der Höfe rieseln, Lachtauben gurrten zärtlich, Kinder liefen, unter dem Gewicht leichter Ranzen gebeugt, zur Schule, Straßenfeger in orangenen Westen räumten nachlässig den Straßendreck weg, an den Kreuzungen waren alte Frauen in philosophische Gespräche vertieft, die grellbunt gestrichenen Tore der Nachtlokale waren fest verrammelt, die wenigen Bäume, die zwischen Mauern und Dächern hervorragten, standen bewegungslos in der Windstille des frühen Morgens, Platanen, Eschen und Linden. Plötzlich wichen die Mietshäuser und die nervöse Vielzahl der Innenstadt Schrebergärten und den alten Gebäuden kleiner Vorortbahnhöfe, Kiefernwald erschien, voller Violett, eine Autobahn, ein See schließlich, darauf die bunten Segel kleiner Boote, die in Ufernähe vor Anker lagen.

Ich war schläfrig und etwas geistesabwesend, ohne den Grenzsoldaten hätte ich meinen Geburtstag vielleicht ganz vergessen, obwohl mir das noch nie zuvor passiert war. Nun kam dieses lächerliche, kindische, so viele Jahre schon vertraute Gefühl wieder, jemand Besonderes, Hervorragendes zu sein, weil man Geburtstag hat. Man war ein bißchen eingebildet an diesem Tag, man erwartete etwas Ungewöhnliches. Etwas sollte geschehen, was genau, wußte man nicht, man konnte die Ereignisse, die man erwartete, nicht genauer bestimmen, denn es war von vornherein klar, daß nichts diese Hoffnung erfüllen würde. Zu gierig, zu unersättlich war sie, kein Krug Wasser konnte sie stillen, ein unendlicher Wunsch war das, als ginge es eher um die Lösung eines Rätsels, das keine Lösung hat, als um irgendwelche Geschenke und Glückwünsche.

Ich bekam Angst, ich könnte durch Berlin fahren, ohne daß der Zug noch einmal in dieser Stadt hielte. Seit längerer Zeit schon waren keine Häuser zu sehen, nur Wald und der See, sicher hat mich mein Informant in Polen falsch informiert, dachte ich, wahrscheinlich ohne böse Absicht. Instinktiv faßte ich an meine Jacke, um mich zu vergewissern, daß ich meinen Paß nicht verloren hatte, ich geriet in Panik, was sollte ich ohne Paß tun, zum Glück war er da, nur in einer anderen Tasche. Ich lief auf den Gang und wandte mich an einen älteren Herrn, der am Fenster stand und melancholisch in die Landschaft schaute. Mein Deutsch war, in der Eile gesprochen, nicht das beste, dennoch wurde ich verstanden und erfuhr, daß es noch eine Haltestelle auf dem Gebiet der Stadt gäbe, sie käme gleich, ich müßte mich sehr beeilen, wenn ich noch aussteigen wollte. Tatsächlich, der Zug bremste schon, ich riß mein Gepäck vom Netz und befand mich kurz darauf auf einem kleinen Provinzbahnhof. »Wahnsinn«, las ich den Namen des Bahnhofs, erst das nächste Schild berichtigte meinen Irrtum, es war nur »Wannsee«. Die langen, mit kleinen Kopfsteinen gepflasterten Bahnsteige erstreckten sich unter dem schwarzen Schirm des Daches. Es begann zu regnen.

3

Prächtige Baumkronen wogten langsam und majestätisch über meinem Kopf. Der Wind spielte sanft mit ihnen, noch peitschte und quälte er sie nicht wie im November, wenn er bezahlter Agent des Winters ist und kein Erbarmen kennt. Zu meiner Linken ging Verena, zur Rechten Matthias. Beides Schriftsteller. Sie schreibt Theaterstücke für Kinder, er ist Kritiker und Romanautor. Sie wohnen zusammen, sie sind, wie man sagt, befreundet. Ich habe sie auf dem Autorenabend eines gewissen ungarischen Aristokraten kennengelernt, wurde ihnen vorgestellt, und sie zeigten Interesse für mich, den Besucher aus dem Osten.

Verena ist nur ein Jahr älter als ich, dennoch habe ich den Eindruck, als gehöre sie zu einer anderen Generation; dabei sieht sie keineswegs alt aus. Ich mache mir klar, daß ich in meinen Augen, aus unbekannten Gründen, fünfundzwanzig Jahre alt bin, und daß diese Augen sogar Dreißigjährige für älter halten als mich, der ich ihr Besitzer, ihre Brillenfassung bin. Meine Augen sind also vierzehn Jahre jünger als ich, wir passen gar nicht zusammen. Matthias ist fünf Jahre jünger als Verena, vier Jahre jünger als ich, zehn Jahre älter als meine Augen. Matthias hat einen dicken Wollpullover an und hält die Hände in den weiten Ärmeln des Pullovers, er geht leicht nach vorn gebeugt, als bereite er sich schon auf den Angriff des kalten Novemberwindes vor, der noch in südlichen Ländern schlummert. Verena trägt eng anliegende lederne Hosen. Ihre Wangen sind rosa von zuviel Puder, denn auch sie begeht schon den fatalen Fehler der Frauen über Dreißig, die dem rosa Pulver außergewöhnliche Eigenschaften zuschreiben. Ich gehe in ihrer Mitte, und da wir uns nur langsam vorwärtsbewegen, schlurfe ich etwas mit den Beinen auf dem Pfad, der durch den Inselpark führt.

Sie fragen mich nach der Situation in meinem Land. Danke, antworte ich, es ist auszuhalten. Bei uns in den Zeitungen steht eigentlich etwas anderes, sagt Matthias und zeigt ein trauriges Lächeln. Bist du ein Dissident? fragt mich Verena. Nein, ich bin Zeichner, antworte ich, mich interessiert vor allem das, was ich mache, was auf dem Papier bestehenbleibt. Aber ich habe Freunde unter den Dissidenten, sage ich und bin mir dabei bewußt, wie wenig zutreffend dieses Wort ist. Den Versuch zu einer weit ausgreifenden lexikalischen Erörterung zu machen, fehlt mir jedoch die Kraft. Mein Deutsch reicht gerade erst einmal für eine normale Unterhaltung. Wie ist es dir gelungen, einen Paß zu bekommen?

fragt Matthias. Ich verstehe deine Frage nicht, sage ich, ich bin schließlich Zeichner und kein Dissident. Das Wort setze ich, unsichtbar für Matthias und Verena, in Anführungszeichen.

Verena ist eine unsagbar häßliche Frau. Ihr Gesicht erinnert ein bißchen an ägyptische Porträts: Im Profil ist es vollkommen dreieckig. Der am kühnsten hervortretende Punkt ist die ungeheure Nase; Stirn und Kinn stehen tief im Schatten des Schädels, weit zurück hinter der Nase, die sich schon Wilanów nähert, während Stirn und Kinn gerade erst Łazienki erreicht haben. Aber Verena kleidet und benimmt sich wie eine schöne Frau, sie lächelt, als wäre sie schön, sie trägt den Kopf stolz, als handelte es sich um einen ungewöhnlich schönen Kopf. Daß sie den ungleichen Kampf mit der Natur aufgenommen hat, gefällt mir an ihr.

Matthias wiegt den Kopf, er akzeptiert meine Erklärung nicht. Hat etwa dieser lächerliche Reisepaßwahn, frage ich mich im stillen, von dem die Bürger meiner Gegend befallen sind, auch auf euch abgefärbt? Wir kommen auf eine kleine Anhöhe, auf deren Kuppe eine alte, hohe Ulme steht. Ein klarer Bach fließt in der Nähe, und wenn das Gespräch verstummt – es verstummt alle Augenblicke –, hört man das Wasser leise plätschern. Wir setzen uns unter die Ulme, so, daß wir im Sonnenschein bleiben. Es ist jetzt früh am Vormittag, die Herbstsonne wärmt wie ein alter Kachelofen. Sie macht träge. Verena legt sich ins Gras, hält ihr dreieckiges Gesicht in die Sonne, schnurrt vor Behaglichkeit. Matthias schweigt lange, er legt sich nicht hin, umfaßt die Knie mit den Armen und sitzt, er ist ernst, blickt zu den Bäumen, die am anderen Wiesenrand stehen, vier Eichen, um die eine Pfauenschar sich träge tummelt. Über Matthias Gesicht könnte ich nicht viel sagen, es kommt mir ganz und gar gewöhnlich vor. Ich muß es mir aber genauer einprägen, wenn ich es später zeichnen will. Flache Stirn. Die Haare fallen in die hellblauen Augen wie ein Weizenfeld, das in die Weide schneidet. Eine einfache Nase. Sehr blasse Haut, so hell, daß die rosigen Lippen vor ihrem Hintergrund krankhaft rot wirken, scharlachrot fast, wie ein Ekzem. Ich denke daran, wie ungerecht es ist, daß ich nach einer Stunde schon mehr über Verenas und Matthias Gesichter weiß, als sie selbst nach Dutzenden von Jahren, in denen sie in ständiger Unsicherheit auf täuschende Spiegelbilder, unzuverlässige Photographien und fremde Komplimente angewiesen sind. Dafür biete ich ihnen mein eigenes Gesicht. Sie nehmen aber, zumindest im Augenblick, mein Geschenk nicht an, denn Verena hat die Augen geschlossen – ihre Lider sind so dick mit farbiger Creme beschmiert, daß sie aussehen wie Alligatorenaugen –, Matthias dagegen betrachtet immer noch die Pfauen.

Also mache auch ich die Augen zu und strecke mich im Gras aus, das vertrocknet und welk ist und gar nichts von dem gierig grünen, saftigen Gras des Juni hat. Ich habe also die Augen geschlossen, ein mattschimmerndes Rosa ist alles, was mir im unscharf gewordenen Blickfeld verbleibt. Ich höre Matthias Stimme. Schon bald, sagt er, wird es vielleicht kein Gras, keine Ulmen, keine Eichen, keine Pfauen und keinen klaren Bach mehr geben, die chemische Industrie macht das alles kaputt.

Meine Antwort ist ein prustendes Lachen. Matthias, sage ich, das ist doch Ökologie. Davon reden jetzt alle. Es wird niemandem auffallen, daß deine Stimme fehlt, wenn du dich mit persönlicheren Dingen beschäftigst.

Matthias schweigt, ein bißchen beleidigt womöglich, vielleicht schmollt er ärgerlich mit den Lippen, ich weiß es nicht, ich halte die Augen geschlossen, sein Mienenspiel, sollte es jetzt tatsächlich gegen mich arbeiten, ist zwecklos, nur übernatürliche Wesen könnten Zeugen der vermuteten Grimasse sein.

»Ach, Henryk«, – ich habe den beiden beigebracht, Henryk zu sagen, nicht Heinrich – »du bist vielleicht ein Ästhet, als wärest du dir über die Bedeutung dieser Probleme, das Ausmaß der Bedrohung nicht im klaren. Wenn sich nicht alle Menschen guten Willens und gesunden Verstandes zum Schutze der Natur zusammentun, wird nichts von ihr übrigbleiben, und auch wir gehen zugrunde, du wirst sehen.«

Seine Stimme klingt düster, fast weinerlich.

»Kinder«, tadelt uns Verena, »fangt ihr schon wieder an?«

Ich spüre, daß sie auf der Seite von Matthias ist, ich weiß es sogar, denn wir haben schon im Auto, mit dem sie mich hierherfuhren, kurz über ähnliche Themen gesprochen, sie ist nur dagegen, in diesem Augenblick, im sanften Sonnenschein, beim leisen Plätschern des Baches einen Streit zu beginnen. Statt dessen fragt sie mich nun über mein Alter, meine Familie und so weiter aus.

»Bist du eigentlich verheiratet? Hast du Kinder?« fragt Matthias und gibt mir dadurch zu erkennen, daß er nicht verletzt oder beleidigt ist.

»Nein, nein«, lache ich, »ich habe weder Frau noch Kinder.«

»Und du warst nie verheiratet?« will Verena wissen. Sie stützt sich auf und sieht mich eindringlich an.

»Nein.«

»Also weshalb lachst du?« fragt Matthias, so als wollte er die geheiligte Institution der Ehe in Schutz nehmen, die er doch selbst geringschätzt, indem er, ohne verheiratet zu sein, mit der dreiecksgesichtigen Verena zusammenlebt.

»Neugierig seid ihr«, sage ich, »aufdringlich neugierig, ihr verletzt meine slawische Seele.«

Das ist nichts als eine Ausflucht von mir, ich bin gar nicht der Meinung, daß meine Seele besonders slawisch sei.

»Und aus welcher Stadt kommst du?« fragt Verena.

»Ich bin in Warschau geboren, aber danach, nach dem Aufstand, sind meine Eltern nach Gdańsk gezogen.«

»Zur gleichen Zeit«, sagt Matthias, »haben meine Eltern Gdańsk, das heißt Danzig, verlassen.«

»Ach ja?« sage ich und zeige mich ungerührt. Ich bin ungerührt.

»Und welchen Aufstand meinst du?«

»Am 1. August 1944 brach in Warschau ein Aufstand gegen die deutschen Besatzungstruppen aus. Der Aufstand war von der Heimatarmee organisiert worden. Einheiten der Roten Armee näherten sich schon dem gegenüberliegenden Ufer der Weichsel. Während des Aufstandes sind ungefähr zweihunderttausend Einwohner Warschaus umgekommen.«

Matthias – denn er hatte diese Information rezitiert – wußte gut, wovon er sprach.

»Das ist ja schrecklich, einfach schrecklich, ich will das nicht hören«, fällt Verena ihm ins Wort. »Ich kann es einfach nicht hören. Wie konnten die Menschen so etwas tun. Töten.«

»Sie können«, sage ich. »Die Menschen sind gut, sie sind gehorsam. Und was Gdańsk betrifft, Matthias, so meine ich, wir sollten die Kunststückchen, mit deren Hilfe die großen Männer den Globus in Bewegung setzen, nicht allzu ernst nehmen.«

Wir schweigen. Ich öffne die Augen und betrachte die seltsame Silhouette des flachen Schlößchens, das auf der Insel steht. Dieses Schlößchen ist einer Attrappe, wie sie für den Film gebaut werden, täuschend ähnlich, aber ich weiß, daß es ein wirkliches und sogar historisches Bauwerk ist. Flach, aber echt.

»Sag mir«, wende ich mich an Matthias, »wen von den heutigen deutschen Schriftstellern du schätzt und liest.«

»Praktisch«, antwortet Matthias, »lese ich gar keine zeitgenössische Literatur. Ich lese sie nicht, und ich mag sie nicht.«

»Aber du schreibst doch selbst zeitgenössische Literatur. Liest du denn das, was du schreibst?«

Er lacht.

»Nein, das lese ich auch nicht. Es gefällt mir nicht.«

»Ich schätze Ildenstein sehr«, sagte Verena, »besonders seinen ersten Roman, ein halbes Jugendwerk noch, gleichsam unbewußt im Handwerklichen, ohne Rücksicht auf die Erwartungen der Kritik, ein bißchen launenhaft, mäandrisch, in dem der Erzählfaden manchmal verlorengeht. Sein Held ist elf Jahre alt und bricht eines Tages im Sommer zu einer großen Wanderung durch Deutschland auf. Er geht zu Fuß, schlägt sich durch die Wälder, meidet die Großstädte und Autobahnen, wandert über Hügel und schläft in Heuschobern oder den Scheunen der Bauern. Irgendwo hoch über ihm fliegen Flugzeuge, die Touristen nach Mallorca oder Ibiza bringen, hier unten aber, im Schatten der schwarzen Fichten, hier ist ein anderes Deutschland, Farnkraut, Moos, in der Dämmerung bewegen sich lautlos die Fledermäuse, Teiche liegen unberührt zwischen den Wiesen und schauen in die Wolken. Es ist kein dicker Roman, es passiert nicht viel darin, ganze Bilderfolgen ziehen vorüber, der Junge wandert besonders gern in der Dämmerung, dann ist sein Blick am schärfsten, so wie das Gehör. Ildenstein erinnert uns daran, daß in der Dämmerung alle Geräusche ganz anders klingen als am Tage, sie haben dann etwas durchdringend Deutliches, als sprächen die Dinge nun, nachdem sie dem Menschen den ganzen Tag treu gedient haben, von sich aus, ohne Grund. Nicht daß sie klagten, sie erzählen von sich selbst. Das Buch endet tragisch. Martin, so heißt der Junge, geht bald immer schneller, er ahnt, daß er gesucht wird. Natürlich, die Besorgnis der Familie und der ganzen Öffentlichkeit ist verständlich. Der Fall Martin wird allgemein bekannt, das Fernsehen zeigt täglich das Photo des Jungen und bittet die Bevölkerung um Mithilfe bei der Suche nach dem Ausreißer. Von den Motiven der Flucht wird übrigens im Roman gar nicht gesprochen, den Leser verlangt auch nicht danach, sie gehen gleichsam aus der Atmosphäre des Buches hervor. Indessen mehren sich die Signale, zufällige Zeugen melden Begegnungen mit einem etwas verwahrlosten Jungen, der in der Nähe ihres Dorfes vorbeigezogen ist. Schließlich organisiert die Polizei, gestützt auf jene Angaben, eine Treibjagd, selbstverständlich eine ganz friedliche. Doch der böse Zufall will – all das geschieht im Schwarzwald, in der Nähe der Schweizer Grenze –, daß sich in derselben Gegend eine Terroristengruppe in den Bergen trifft und dort Schießübungen abhält. Dadurch ändert die polizeiliche Treibjagd, mit der man den Jungen zu finden hofft – so etwas wie ein feines Schmetterlingsnetz –, abrupt ihren Charakter. Ein schnauzbärtiger Feldwebel entdeckt nämlich die Terroristen, auch Bauern berichten von ihnen. Der schnauzbärtige Feldwebel informiert mit dem Funksprechgerät seine Kollegen von der Entdeckung, die Polizisten tauschen die Schreckschußpatronen gegen scharfe Munition aus, erhalten Verstärkung, werden wachsamer. Martin stirbt, weil der besagte Feldwebel, als er im Morgengrauen die Silhouette des Jungen zwischen den Bäumen sieht, auf ihn schießt

– und trifft. Er hält ihn für einen Erwachsenen. Um die Größe eines Menschen, den wir von weitem sehen, richtig einzuschätzen, müssen wir über ein ganzes System von Bezugspunkten verfügen. In der Stadt, vor dem Hintergrund von Straßenlaternen und Litfaßsäulen, erkennt man leicht, ob man ein Kind oder einen Riesen vor sich hat, anders im Wald, frühmorgens, im Nebel, zwischen Wacholdersträuchern und Birken.«

»Wie heißt dieses Buch?« frage ich.

»Einfach ›Schwarzwald‹«, sagt Verena. »Ach so, das habe ich vergessen, der schnauzbärtige Feldwebel ist Martins Vater.«

»Wie heißt Ildenstein mit Vornamen?« frage ich noch.

»Gert.«

»Weißt du«, fragt mich Matthias, »daß Potsdam nur ein paar Kilometer von hier entfernt ist?«

»Ja«, sage ich. »Ich weiß sogar, in welcher Richtung ich schwimmen und laufen müßte, um zu dem Schloß zu kommen.«

Dann begannen sie von sich zu erzählen. Ich schreibe fünf Seiten pro Tag, sagt Verena. Ich vier, sagt Matthias, aber ich schreibe für Erwachsene.

Verena erzählt von ihrem letzten Mann, einem Arzt, der seine Praxis aufgegeben hat und nach Indien gegangen ist. Er wollte sie nicht mitnehmen, er sagte zu ihr: Deine Seele ist wie eine Eule. Mag sein, daß du ein weiser Vogel bist, aber du behältst deine Weisheit für dich. Ich muß eine Frau finden, deren Seele ein Tagvogel ist. Der Arzt war bereits Verenas zweiter Mann, ihr erster Mann war ein Studienkommilitone gewesen, an der Göttinger Universität. Politisch war er sehr aktiv, sie solidarisierte sich von ganzem Herzen mit ihm, bereitete nachts Flugblätter vor, schnitt Buchstaben aus Karton aus, schrieb sogar programmatische Artikel für

Studentenzeitungen, ›Das Proletariat‹ fünfmal auf jeder Seite, später dreimal, noch später hieß es ›Das intellektuelle Proletariat‹. Sie trieb ein Kind ab, Kinder wären der Revolution im Weg gewesen, die schon so nah war wie die Sonne in der Morgendämmerung. Alle erwarteten sie und arbeiteten für sie. Er hieß Peter und verließ sie nach drei Jahren, um mit einer anderen Frau zusammenzuleben. Noch später, als man sich entscheiden mußte, ob man in den Untergrund ging oder seine Ideale verriet, im schwierigsten Augenblick, als sie auch schon getrennt lebten und sich nicht einmal schrieben, änderte er sich sehr, trat in die SPD ein, trug plötzlich Krawatten, Manschettenknöpfe und geputzte Schuhe, auf dem Marsch durch die Institutionen braucht man bequemes Schuhwerk, das ist klar, sie wußte das alles von ihrer gemeinsamen Bekannten, einer Kommilitonin, die sie gelegentlich anrief und lachend von Peters Heldentaten erzählte. Sie hatte gut lachen, diese Kommilitonin. Dann traf sie Jürgen, einen Laryngologen, acht Jahre älter als sie. Es stellte sich heraus, daß sie keine Kinder mehr bekommen konnte. Sie wollte ein Mädchen adoptieren, aber Jürgen war dagegen, er wollte sich nicht binden, er dachte schon damals an die große Reise, an die Eroberung Asiens, das Wort Asien sprach er immer mit größter Ehrfurcht aus. Einmal las sie in einer medizinischen Zeitschrift, in der sie blätterte, bis die Makkaroni gar waren, von einem Wettbewerb um ein Theaterstück für Kinder, der von einer Gesellschaft der Laryngologenehefrauen ausgeschrieben war, sie fand das ungeheuer komisch, beschloß aber aus Langeweile, es doch einmal zu versuchen, gewann den 1. Preis, und so hatte es angefangen.

»Und ich«, sagte Matthias, der unruhig hin- und herrutschte, als wäre er eifersüchtig auf Verenas sich ausdehnenden Monolog, ihres Lebens Ströme nahmen ihm den Atem, »ich hatte schreckliche Familienprobleme, besonders mit meinem Vater. Er war fünfundzwanzig Jahre älter als meine Mutter, er lebt nicht mehr, er war ein Moralist, ein Literat, wie das in Deutschland vorkam, in der Provinz, bei Augsburg, er war Doktor der Philosophie und verdiente seinen Lebensunterhalt als ein im Städtchen angesehener Gymnasialprofessor. Seine wahre Berufung aber war die literarische Arbeit. Er schloß sich für Stunden in seinem Arbeitszimmer ein und schrieb, wenn er nicht gerade im Sessel döste oder Lexikonbände wälzte, sehr moralische Artikel in streng protestantischem Geist. Ich muß zugeben, daß er sich im Dritten Reich ganz anständig benommen und nicht auf die Befehle des Doktor Goebbels gehört hat. Aber zu Hause benahm er sich wie ein Tyrann, stolz darauf, daß sein Name in Provinzzeitschriften erschien, Dr. Erich Baumeister, bis nach Augsburg bekannt, Kenner und Lehrer der protestantischen Ethik. Er zeugte acht Kinder, darunter leider auch mich ... Er schlug uns nicht, und wenn ich ›uns‹ sage, meine ich damit auch meine Mutter, die soviel jünger war als er, daß sie eher zu den neun Jüngeren, zur Generation der Zöglinge, gehörte, als zur herrschenden Elite, die absolut allein regiert. Er wußte, wie man zu leben hatte. Wir lernten es von ihm. Er schlug uns nicht körperlich, er peinigte uns auf eine andere Weise, er zwang uns, ihn zu bewundern, Ironie war streng verboten. Jeden Artikel von ihm mußte eines der älteren Kinder der versammelten Familie vorlesen, manchmal wurde auch sein jüngerer Bruder eingeladen, ein Tischler, der im selben Städtchen wohnte, Vater von nur sechs Kindern. Doktor Baumeister saß in seinem Sessel, vertieft in die Unermeßlichkeit seiner Gedanken, während eines der Kinder seinen Artikel vortrug und ich, der zu den Jüngsten gehörte, mich darin übte, nach innen zu gähnen und meinen glühenden Haß zu verbergen. Er wusch seine Teetasse nie. Wenn er Kopfschmerzen hatte oder sich einbildete, er hätte welche, hatten wir stundenlang Spielverbot und durften nur flüstern.

Einmal hatten wir jüngeren Kinder unsere Freunde zu einem Fest eingeladen. Das war schon einen Monat zuvor abgesprochen, der Tyrann hatte seine Einwilligung gegeben, er forderte nur, daß die Party um neun Uhr abends aufhören müsse. Im letzten Augenblick kam er aber zu der Überzeugung, daß sein Geist gerade heute besonders produktiv arbeite, und er hing eine Stunde vor der geplanten Ankunft der Gäste einen eigenhändig geschriebenen Zettel aus: ›Aus außerordentlichem Anlaß sage ich den heutigen geselligen Abend ab. Dr. E. B.‹ Mutter ging in sein Arbeitszimmer und widersetzte sich ihm das erste Mal, tapfer, mit der ganzen Kraft ihres zierlichen Wesens, sie kam verweint wieder heraus und sah uns, die wir vor der massiven Tür des Kabinetts, in sicherer Entfernung von der glänzenden Messingklinke, versammelt waren, nicht an. Er wollte, daß ich Jura studiere, ich sollte Staatsanwalt werden und die öffentliche Ordnung wahren. Für jeden von uns hatte er einen Lebenslauf vorbereitet. Er hat meine Jugend kaputtgemacht. Am Tage seiner Beerdigung ging ich abends ins Kabarett. Er war der Wert in Person, die Pflicht in Hemd und Krawatte.«

Die letzten Sätze sagte Matthias ein wenig unsicher, so als behindere ihn etwas, irgendeine böse Kraft, die seinem Willen nicht gehorchte. Schließlich stand er aus dem Gras auf, entschuldigte sich und erklärte, er müsse seine Blase von unerträglichem Druck befreien. Er verschwand hinter den Bäumen.

Verena sagte flüsternd: »Weißt du, Henryk, all das, was er erzählt hat, ist wahr, aber man sollte seinen

Bericht trotzdem nicht ganz wörtlich nehmen, denn Matthias war jahrelang in psychotherapeutischer Behandlung, die sich gerade auf die Familienbeziehungen konzentrierte, und dabei hat sich die jetzige Version der Ereignisse gebildet. Es war bestimmt so, wie er erzählt, aber ob es absolut genau so war, ob die ganze Geschichte nicht ein bißchen aufgeschminkt, von künstlerischem Pathos getränkt ist, wissen wir nicht. Und wir werden es sicher nie erfahren, denn der Psychotherapeut ist ein Mensch mit epischer Begabung, er verleiht den undeutlichen, verschwommenen Episoden des menschlichen Lebens endgültige Gestalt, er ist ein poetischer Doktrinär, ein Schöpfer.«

Als Matthias aus der Fichtenschonung zurückkam, vergewisserte er sich mit der Linken diskret, ob der Reißverschluß seines Hosenschlitzes hochgezogen war, und fragte mich nach meinen Familienkonflikten, besonders nach der Beziehung zu meinem Vater.

»Eigentlich«, sagte ich, »liebe ich meine Eltern, ich hatte keine schwerwiegenden Konflikte mit ihnen. Es gab Zeiten, wo wir uns nicht gut verstanden, einmal bin ich sogar so wütend aus dem Haus gelaufen, daß ich auf dem Hof bleiben und erfrieren wollte, denn es war Januar und zehn Grad unter Null, aber nach einigen Minuten bin ich doch in die warme Wohnung zurückgegangen, und ich bereue es nicht.«

»Das heißt, du hast deine familiären Probleme noch nicht verarbeitet«, stellte Matthias ganz ernsthaft fest. »Tu das möglichst bald, dann wird dir leichter.«

Verena sah mich an und gab mir mit einem verschwörerischen Lächeln zu verstehen, daß ich mich nicht an den Rat ihres Freundes halten sollte. Mehr noch als dieses Signal, dessen ich gar nicht bedurfte, beeindruckte mich ihre geradezu unwahrscheinliche Häßlichkeit, die wie das Negativ großer Schönheit wirkte und sicher ihre Wirkung auf Männer nicht verfehlte.

Schon berührte der Nachmittag den Abend, die Sonne schien kühl wie eine Orange, wir erhoben uns langsam aus dem Gras, klopften Nadeln und Blätter von uns ab. Schweigend gingen wir den Pfad am Bach. Wir schwiegen auch auf der flachen Fähre, die eine der letzten Ausflüglergruppen dieses Tages von der Insel aufs Festland brachte. Die Sonne lag schon im Wasser, inmitten des Schilfrohrs, das sich an die rosige Kugel schmiegte wie die Wimpern ans Auge.

Im Auto herrschte die gleiche Stille, die wir schon auf der Insel gekostet hatten. Und die gleiche Stille sollte für immer zwischen uns, zwischen der häßlichen Verena, dem anämischen Matthias und mir anhalten, denn ich habe nie mehr mit ihnen gesprochen. Sie fuhren mich nach Haus, verabschiedeten sich überschwenglich, und damit war unsere Freundschaft zu Ende. Schon beim ersten Mal hatten wir zu viel von ihr gegessen, scheint mir.

4

Vom Bahnhof Berlin-Wahnsinn, oder richtiger Wannsee, mußte ich – die gleiche Strecke – ins Zentrum zurückfahren, zum Bahnhof Zoo. Die Kassiererin, die ich um Auskunft bat, strickte Handschuhe aus roter Wolle, so riesige, daß sie wohl für jemanden aus der Familie der Nibelungen bestimmt waren. Sie berlinerte, das heißt sie sprach den Laut g sehr weich aus. Ich hatte schon vorher davon gehört und fand das ein wenig komisch, so als ginge es um das exotische Gefieder einer Vogelart, die in einer bestimmten Gegend zu Hause ist. Ich schleppte meinen schweren Koffer auf den Bahnsteig zurück und stieg nach einigen Minuten in ein Abteil der elektrischen Stadt-Bahn, der S-Bahn. Die gleichen Bilder, der See, der Wald, die Autobahn, zogen wieder an mir vorüber, wie eine Filmchronik, die man schon einmal gesehen hat. Wieder fiel mir mein Geburtstag ein, aber ich hatte keine Lust mehr, ihn zu feiern, er war mir langweilig geworden, die Geburtstagstorte schmeckte mir gleichsam nicht mehr, die Kerzen waren erloschen, das Rätsel blieb ungelöst, wieder hieß es ein Jahr warten. Wieder tauchten Häuser in der Umgebung der Gleise auf, die grauen Elefanten der Mietshäuser, die Schubladen der Balkone, Trockenwäsche auf gespannten Leinen.

In der großen Bahnhofshalle traten zwei Jungen in grünen Armeejacken nach einer leeren Coca-Cola-Dose, das schrille, blecherne Geräusch quälte meine müden Ohren. Das Büro der Stiftung, die mich nach Berlin eingeladen hatte, war zum Glück nur wenige Schritte vom Bahnhof entfernt. Es befand sich im Parterre eines gewöhnlichen Mietshauses, gegenüber einer Privatwohnung, aus der gerade ein pausbäckiger Junge gelaufen kam, der, gebeugt unter dem Gewicht seines blauen Ranzens, die letzten Bissen seines Frühstücksbrötchens hinunterschlang. Hinter ihm lehnte sich eine Frau im rosa Schlafrock aus der halbgeöffneten Tür und schrie ›Micha, Micha, renn nicht so, gleich fällst du wieder hin‹. Sie rief deutsch, aber der Junge lief weiter, in die Schule geleitet von der massiven Figur des Donnergottes Jupiter, dessen dicker Finger auf die Straße wies. Die Frau musterte mich mißtrauisch, ich sah bestimmt wie ein Hausierer aus, unrasiert, erschöpft und zerknittert. Aber vielleicht galt ihr Mißtrauen überhaupt allen, die sich in der Künstlerstiftung meldeten. Künstler standen in diesem wohlhabenden Mietshaus wahrscheinlich nicht im besten Ruf. Man weiß ja, wie

Künstler aussehen und was sie tun. Von jeher dienen sie eher dem Häßlichen als dem Schönen, die Ärzte dagegen und ihre Ehefrauen – ja, das war die Wohnung eines Facharztes für Hautkrankheiten, eines Dr. Ernst Paletz, wie das Messingschild verkündete –, sie sind dem Schönheitsideal der Renaissance treu geblieben.

In der zum Büro gemachten Wohnung empfing mich ein gut vierzigjähriger Österreicher, Schneider mit Namen. Er war nett, fragte nach der Reise und freute sich, daß alles so glatt gegangen war. Er rauchte eine Zigarre und trug einen hellen Anzug. Etwas kleiner als ich, ziemlich kräftig, heiter. Er legte Wert auf die Feststellung, daß er Österreicher sei, nicht Deutscher. Außer ihm befand sich in den Büroräumen nur noch die Sekretärin, die sich durch heftiges Maschinenschreiben bemerkbar machte. Vielleicht kommt es nur vom Tonband, sagte der Österreicher und erzählte mir, daß er selbst einmal in Graz als Hilfskraft im Büro einer kleinen Erdölgesellschaft gearbeitet hatte und immer das Geräusch der Schreibmaschine vom Band laufen ließ, während er selbst eine Abhandlung über die Anfänge des Dadaismus schrieb oder Zigarre rauchte, ein Vergnügen, das er sich nicht einmal in Zeiten der Geldnot versagen konnte.

»Manchmal glaube ich«, sagte er, »daß solche Institutionen wie die Stiftung, in der ich jetzt arbeite, vor allem dazu da sind, die Metamorphose von erfolglosen Künstlern in allzu erfolgreiche Politiker zu verhindern. Kollege«, sagte er, »wenn eine ähnliche intelligente Institution seinerzeit die künstlerische Tätigkeit eines gewissen Adolf Sch. unterstützt hätte, wirklich, die Welt sähe heute viel glücklicher aus.« Ich mußte lachen. »Sie denken ja ziemlich skeptisch von den Künstlern, die nach Berlin kommen«, sagte ich.

»Ich meine natürlich nicht Sie«, erwiderte der Österreicher galant, »aber ich muß gestehen, daß ich manchmal tatsächlich überzeugt bin, man sollte den einen oder anderen Maler unterstützen, nur damit er keine politische Partei gründet. Das ist wirklich nicht schade ums Geld. Ich bin der Meinung, man müßte gerade für diesen Zweck bedeutende Summen aufbringen. Besonders wohl in Deutschland.«

»Sie als Österreicher wissen, wovon Sie sprechen, da möchte ich nicht protestieren.«

Er neigte den Kopf.

Ich war so erschöpft, daß mir schwindelig wurde. Ich bat um eine Tasse Kaffee und erhielt sie. Sie half mir überhaupt nicht. Die Augenlider schmerzten mir, ich traute den eigenen Augen nicht, und doch, hier, direkt vor mir, herrschte ganz normales Büroleben, Heftklammern lagen ruhig in der Schachtel, die Wände waren weiß und sauber und unbewegt, nur ich hatte noch nicht angehalten. Hier war erst Morgen, nicht der frühe, der Morgen der Arbeiter, sondern der spätere, die zweite Jugend des Tages, und ich war nah daran, mein Zeitgefühl zu verlieren.

Nach einer Stunde erschien Frau Vondratzek, Mitarbeiterin der Stiftung und zugleich Studentin an der Technischen Universität, die sich etwas Geld damit verdiente, daß sie die ersten Tage der Stipendiaten in Berlin organisierte. Es ging vor allem darum, eine geeignete Wohnung zu finden. Über die grundlegenden praktischen Dinge zu informieren. Mut zu machen. Rothaarig wie eine Irin, sommersprossig und lächelnd, hatte Fräulein V. etwas zu füllige Hüften, wie ein Stehaufmännchen.

Fräulein V. nahm mich in ihren studentischen Citroën 2 CV, schaltete mit dem altmodischen Drehhebel die Gänge und fuhr zur Bank, der Österreicher hatte ihr nämlich empfohlen, zunächst die finanziellen Angelegenheiten zu regeln, erst danach sollten wir die Wohnung besichtigen, die man mir vorschlug.

Die Türen der Bank öffneten sich lautlos. In der großen Halle war es still wie in einer Kathedrale, obwohl hier und da Menschengruppen auf die Beichte warteten. Der riesige Saal war mit Teppichen und Kelims gedämpft. Auf Bildschirmen sah man Ziffernreihen, die wie Flugzeuggeschwader vor blauem Himmel schwebten. Die Beichtväter empfingen die Bittsteller an Schreibtischen, die im Saal verstreut waren. Teppiche und Kelims schluckten alle Sünden und Geständnisse. Nur Flüstern schlich über den Boden. Einige Angestellte hatten kleine Monitore vor sich, auf denen rote Ziffernfäden nervös zitterten; dies war das Leben des Geldes, hier sprach das Geld.

Der Angestellte, zu dem mich Fräulein V. führte, war außerordentlich elegant gekleidet, er hatte ein hübsches, symmetrisches, vielleicht etwas zu fülliges Gesicht. Bei uns wäre er in der Partei, dachte ich, hier sitzt er nahe am Geld. Ich erkannte den gleichen anthropologischen Typus. Das ist jene Menschengattung, die sich immer in der Nähe des zentralen Nervensystems ansiedelt, eine Art ehrgeiziger Virus, der das Zentrum angreift und ins Gehirn eindringt. Diese Viren halten nichts von der Provinz, sie eilen geradewegs in die Hauptstadt, in eleganten Wagen, hohe Zylinder auf dem Kopf, sie knallen mit der Peitsche und schauen weder links noch rechts. Doch spüren sie gern die Blicke der anderen auf sich, sie mögen den Neid der anderen. Sie jagen in die Hauptstadt, und ihr Gesicht schwemmt auf, langsam aber unaufhaltsam, die Wangenhaut schwillt vom unverhohlenen Machthunger.

Doch als der Bankangestellte dann mit mir sprach, stellte er sich als ein ganz sympathischer Bursche heraus. Ich schämte mich, daß ich schon so schlecht von ihm gedacht hatte. Er war ein paar Jahre jünger als ich. Vielleicht sogar im Alter meiner Augen. Er lächelte freundlich, und obwohl ich wußte, daß die Bankdirektion gerade dieses Lächeln empfiehlt, spürte ich Wohlwollen in seinem Blick. Er erklärte mir die technischen Einzelheiten der Auszahlung des Stipendiums. Er sprach unbefangen und mit Wohlgefallen vom Geld, so wie man von einem Freund erzählt, und das gefiel mir, denn wenn sogar ein Bankangestellter sich der Banknoten schämen sollte, würde die Heuchelei ja uneingeschränkt triumphieren. In der Nähe waren übrigens keine Banknoten zu sehen, nur Schecks, Quittungen, Briefe, die nahen und entfernten Vettern des Geldes. Banknoten erschienen erst in der abseits gelegenen Kapelle der Kasse, und das in großen Mengen, ganze Sträuße, Bündel, Harmonikas, Kränze. Der Kassierer mischte sie mit unglaublicher Geschwindigkeit, er holte sie aus Ärmel, Mund, Schubladen und Jackentaschen, er spielte mit ihnen, hielt sie sich unter die Nase, betrachtete sie aufmerksam, schloß die Augen, warf sie in die Luft, fing sie geschickt auf und legte sie dem gelangweilten Kunden hin, der sie noch einmal durchzählte, aber ohne jene übermenschliche Fingerfertigkeit, er zählte sie, faltete sie und steckte sie in die Brieftasche, wo sie kaum noch Luft bekamen und mißmutig wurden wie Kaninchen in einem zu engen Stall.

Die Banknoten waren steif, als wären sie gestärkt; Reproduktionen bekannter Gemälde schmückten sie, und das ist schon Heuchelei, dachte ich, Banknoten brauchen doch diese Legitimation überhaupt nicht, ihre Schönheit ist autonom.

Fräulein V. führte mich wieder zum Citroën, ich ging einen halben Schritt hinter ihr, ich fühlte mich schlecht, war ganz krank vor Unausgeschlafenheit. Das Wetter hatte sich abrupt geändert, ein kalter Regen peitschte.

Jetzt fuhren wir zu der Wohnung, in der ich die nächsten drei Monate verbringen sollte. Fräulein V. kannte die Wohnung, sie erzählte mir ganz hingerissen von ihr, sie erwähnte, wer dort vor mir gewohnt hatte, was für berühmte Künstler aus aller Welt. Sie nannte Namen. Du brauchst natürlich die Wohnung nicht zu nehmen, du kannst dir eine andere suchen, das Recht hast du. Aber sie ist hübsch. Sie liegt in der Nähe des Olympiastadions, weißt du, da kannst du spazierengehen, wenn du magst, es ist viel Grün dort, na, und das Stadion selbst, entsetzlich, einfach entsetzlich, aber interessant, mir läuft immer ein Schauer über den Rücken, wenn ich diese Steinfiguren sehe, unbewegt, riesengroß, ohne Augen, und doch schauen sie dich an.

Fräulein V. gehörte zu jener Generation, die sich ohne Zögern der zweiten Person Singular bedient, von Anfang an, aber das freute mich, es zeugte immerhin davon, daß sie bereit war, mich noch zum Lager der Jungen zu zählen, denn zu den Älteren sagte man doch noch Sie.

Dies ist das Westend. Ein ziemlich nobles Viertel, für mich viel zu nobel, ich würde da für nichts auf der Welt wohnen wollen, weißt du, ich wohne in Kreuzberg, das ist so ein alter Bezirk, alt für Berlin, dort gibt es Türken, Tausende Türken, Mietskasernen, schmutzige, enge, dunkle Hinterhöfe, dort ist es schön, wir wohnen alle dort, aber für dich ist das Westend vielleicht geeigneter, es ist ja nur für drei Monate, und wenn du wirklich arbeiten willst, wird es hier wohl besser sein.

Die Wohnung bestand aus der Küche, einem großen Zimmer mit Fenster nach Norden – man sah dort einen ausgedehnten Garten –, und einem kleinen Schlafzimmer mit Doppelbett. Das Bad quadratisch, sauber, es roch nach Reinigungsmitteln, vor dem Spiegel stand ein ausgetrockneter Rasierpinsel stramm, den irgendeiner der vorherigen Stipendiaten vergessen hatte. Ich ging zurück ins große Zimmer. Es war fremd, auch wenn an den Wänden irgend jemand Spuren seiner Privatsphäre, seines Geschmacks hinterlassen hatte, ein Andenken aus Berchtesgaden, das ebensogut aus Krynica oder Zakopane hätte stammen können, nur der Name lautete anders, ein Amateur-Aquarell, das einen Fischerhafen irgendwo im Süden Europas zeigte, gelbe Kutter, eine rosa Mole, zwei Wandkalender, von denen einer Reklame für eine mir unbekannte Arzneimittelfirma machte. Alle Möbel stammten aus den fünfziger Jahren. Ein cremefarbener Speiseschrank, eine Klappcouch, ein niedriger Tisch mit einer Glasplatte, zwei dazugehörige dunkelblaue Sessel, sowie eine Radiotruhe im alten Stil, in deren großem Rumpf Plattenspieler, Tonband und Radio untergebracht waren. In diesem Zimmer roch es nach nichts, die häufig wechselnden Mieter hatten ihre aus verschiedenen Ländern stammenden Düfte vermengt, selbst ein erfahrener Polizeihund wäre hier angesichts des Übermaßes falscher Spuren ratlos gewesen.

Gut, sagte ich, ich bleibe hier, in diesem Museum der fünfziger Jahre. Im großen Zimmer befand sich zum Glück auch ein langer, brauchbarer Arbeitstisch, und dieser alte Tisch mit seiner zerkratzten Oberfläche gab den Ausschlag dafür, daß ich den Gedanken, mir eine andere Wohnung zu suchen, aufgab. Fräulein V. war froh über meine Entscheidung, ich glaube, du wirst es nicht bereuen, sagte sie. Sie verabschiedete sich bald, sie mußte schnell zu einer politischen Versammlung, einer sehr wichtigen, wie sie sagte, denn ihre Fakultät sollte über die Unterstützung für Rudolf Pablo abstimmen. Ob ich wisse, fragte sie, wer das ist? Ich wußte es nicht. Ich muß leider schon gehen, sagte Fräulein V. bedauernd, sonst komme ich zu spät, und ich will auf der

Versammlung sprechen. Ich persönlich bin dagegen, sagte sie, als sie schon in der Tür stand und das Halstuch zuband, ich bin der Ansicht, daß Pablo uns hintergangen hat, er hat uns enttäuscht, obwohl wir ihm vor einem Jahr noch vorbehaltlos vertrauten. Vielleicht erkläre ich dir das alles ein andermal, rief sie zum Abschied.

Es ist eigentlich egal, ob man über das Wetter oder über Politik spricht, dachte ich. Immer ist irgendein Wetter, und immer gibt es irgendeine Politik, sogar sonntags. Zwei Themen mit dem größten gemeinsamen Nenner. So etwas wie Pantoffeln für Museumsbesucher, sie passen an alle Füße und fallen ebenso leicht wieder ab.

Nachdem sie gegangen war, streifte ich längere Zeit durch die neue Wohnung, um ihre noch unbekannten Eigenschaften zu erkunden. Ich schaute in die leeren Schubladen, öffnete die Schränke, die mißtrauisch knarrten, ich warf den Pinsel, der vor dem Badezimmerspiegel strammstand, in den Mülleimer, fand heraus, daß in der Radiotruhe nur eine Schallplatte war, Thelonius Monk, auf der Plattenhülle hatte sich eine Staubschicht gesammelt, auf dem gläsernen Deckel der Radiotruhe lag ebenfalls Staub, wie der Sand der Sahara. Als ich eine leere Vase hob, leuchtete unter ihr die Tonsur des Lacks auf, ich schaltete für einen Moment das alte Radio aus den fünfziger Jahren ein, es funktionierte, das große grüne Auge reagierte gehorsam auf die Signale der europäischen Sender, auf der Langwelle war ausgezeichnet Warschau zu hören, gerade berichtete die mir vertraute Stimme eines polnischen Sprechers von den Problemen der französischen Landwirtschaft. Die Kurzwelle lebte wie immer ihr eigenes, fieberhaftes Leben, sie bekam Schwächeanfälle, rappelte sich wieder auf, die verschiedenen Stationen kämpften verbissen gegeneinander, einige heulten und stöhnten, als sendeten sie direkt aus der Hölle, andere sprachen mit menschlicher Stimme.

Es war ein schwerer Augenblick, ich spürte die Fremdheit dieser Möbel und dieser Wände. Mir schien sogar, als beobachteten mich die biederen Möbel aus den Fünfzigern, als schauten sie mir auf die Finger, starr vor Angst, zu Tode erschrocken. Aber auch ich fürchtete mich, ich streifte unaufhörlich durch die Wohnung, viel zu nervös für jemanden, der hier Hausherr werden sollte. Einen Augenblick verweilte ich in der Küche, trank ein Glas Wasser, sah nach, ob die Wohnungstür richtig geschlossen war. Ich fühlte mich so, als befände ich mich plötzlich in einer fremden Haut, einem fremden Traum, und fürchtete, demaskiert zu werden. In der angrenzenden Wohnung lärmte ein Staubsauger, im Garten spielten Kinder, vier kleine Vietnamesen. Nach dem Besuch in der Bank, in der elektronische Ziffern wie Elmsfeuer getanzt hatten, waren die Normalität und der Anachronismus dieser Wohnung mir angenehm, aber zugleich stießen sie mich ab, sie nahmen mich nicht an, sie waren zu dicht. Auch ich wollte mich auf keinen Kompromiß einlassen, auf nichts verzichten.

Ich streckte mich auf dem breiten Bett aus und rief mir den Verlauf dieses langen Tages in Erinnerung, von dem Augenblick an, da ich meine Wohnung in Gdańsk im achten Stock verlassen und den Fahrstuhl betreten hatte, in dem es sauer nach Milch roch, weil gerade der Milchmann mit einer ganzen Batterie von Flaschen nach unten gefahren war. Was für ein langer Tag, dachte ich, ein ganzes Leben würde nicht ausreichen, um jedes seiner Teilchen in Ruhe zu bedenken. Was für ein langer Tag, dachte ich, und der fremde Traum saß am Bett und sah mich an, aufmerksam wie eine Katze.

5

Ich bekam bald heraus, daß unter den einigen Dutzend mehr oder weniger regelmäßigen Besuchern der Autorenabende, Konzerte und Vernissagen, die überall in Berlin, am häufigsten aber in einer Galerie im ersten Stock einer Villa der Jahrhundertwende organisiert wurden, zwei Personen herausragten, die befreundet oder nur verbündet waren, und daß diese Tatsache, ihr Vorrang, ihre Führerschaft, von der Mehrheit der Gesellschaft demütig anerkannt wurde. Beide waren ungefähr in meinem Alter, er vielleicht ein klein bißchen älter als ich, sie ein wenig jünger.

Jemand hatte mir die beiden vorgestellt, ich hatte ihre Vor- und Zunamen gehört, konnte sie aber nicht behalten, sie klangen ziemlich fremd, also nannte ich ihn Żbik, sie Łasica. Am liebsten hätte ich sie beide gezeichnet – ich habe es auch getan –, weil ich mir aber das Versprechen abgenommen habe, einen Bericht über diese Reise zu schreiben, muß ich sie, und sei es nur annähernd, beschreiben. Er, Żbik, ist nicht groß, kräftig gebaut, untersetzt, hat den gewölbten Brustkorb eines Diskuswerfers. Seine Hände sind ein bißchen verliebt in diese große, gesunde Brust, denn meist ruhen sie auf ihr, verschränkt und unbeweglich, oder sie wandern langsam und konzentriert über die Erhabenheiten von Herz und Leber. Unabhängig von Wetter und Temperatur trägt er Baumwollhemden mit kurzen Ärmeln, in verschiedenen Farben, immer aber mit dem Aufdruck einer Sonne im Strahlenkranz ihrer gelben Locken. Sein Gesicht hat etwas Östliches, er könnte eine der Verkörperungen Buddhas sein. Er hat kurzgeschnittenes Haar, könnte ein Boxer der leichteren Klassen sein. An regnerischen und kalten Tagen geht Żbik in einem schweren Gummimantel, der ein bißchen an die Pelerine eines Polizisten oder Eisenbahners erinnert. Unter diesem schwarzen Mantel schaut aber immer die Baumwollsonne hervor. Im allgemeinen schweigt er, oft ist er stumm, und zieht doch ständig das Interesse der anderen auf sich. Manchmal schnaubt oder prustet er oder er bricht in furchtbar lautes Lachen aus. In diesem Lachen ist etwas Animalisches, und weil er untersetzt ist, hat man den Eindruck, er sei eine Gasflasche, unter Druck, und gelegentlich kommt es zu einer kurzen Explosion. Es gibt auch Tage, an denen Żbik spricht, und was er sagt, ist interessant. Am häufigsten berichtet er von seinen Erleuchtungen, seinen Erlebnissen in der letzten Zeit. Was nicht mit einer großen Erleuchtung verbunden ist, interessiert ihn nicht. Er versteht davon zu erzählen, er selbst erlebt dann wohl etwas wie eine zweite Erleuchtung, den Widerschein des ursprünglichen Lichts. Sogar in seinem unschönen Gesicht passiert dann etwas Ungewöhnliches, es zeigt Rührung.

Alle fürchten Żbik, bewundern und verwöhnen ihn, wie um dem nächsten Wutausbruch zuvorzukommen. Eine Zeitlang verstand ich das nicht, konnte es nicht begreifen. Ich fragte die anderen, was hier eigentlich vorgehe, und man sagte mir, ja, er terrorisiert, aber er ist auch ungeheuer begabt, und bekannt, und es handelt sich da nicht um Angst, sondern um Sympathie, vielleicht mit einem Schauder der Unruhe. Später brauchte ich keine Erklärungen mehr, ich sah, daß Żbik ein großes, urwüchsiges Talent ist, obwohl ich nur schwer hätte sagen können, auf welchem Gebiet dieses Talent sich entladen sollte. Er kam manchmal nur für fünf Minuten, das genügte, Gespräche verstummten, das Licht verlöschte – er hatte es ausgeschaltet –, dann wurde wieder alles normal, er verschwand, und ihm nach entschlüpfte seine Gefährtin Łasica.

Łasica war immer in Żbiks Nähe, ohne ihm zu nahe

zu sein. Ich hatte den Eindruck, daß nur sie ihn nicht fürchtete und nicht bewunderte, daß nur sie ihn mit freundschaftlicher Nachsicht ansah, auch wenn sie für seine langen Monologe zum Thema Erleuchtung schwärmte. Hübsch war Łasica, schlank und groß, einen halben Kopf größer als Żbik. Ihr Gesicht ist etwas scharf gezeichnet, aber die warmen braunen Augen mildern die Strenge ihrer Züge. Sie kleidet sich fast immer schwarz, meist hat sie eine schwarze Hose und einen schwarzen Pulli an, manchmal trägt sie einen schwarzen Rock und eine dunkelviolette Seidenbluse. Sie gefiel mir von Anfang an, und sei es nur deshalb, weil sie in der Freundschaft zu Żbik selbständig blieb und ihn oft leicht ironisch ansah; sie hielt sich an ihn, denn er überragte die anderen, die anderen waren nicht sehr interessant.

Żbik machte nicht nur das Licht aus – das tat er an Tagen, an denen er nicht von seiner Begeisterung sprechen konnte oder wollte –, er verstand auch eine noch geheimnisvollere Erscheinung hervorzurufen. Über dem zentralen Raum der Galerie befand sich eine kleine Orangerie, darüber nur die Kuppel, die das Dach der vornehmen Villa krönte. Die Pflanzen in den braunen Töpfen waren von unten gut zu sehen, denn der Boden der Orangerie war aus Glas, das mit einem Metallgitter bedeckt war. Dieses harmlose Gitter nun verwandelte sich bisweilen in einen Bildschirm, der blaue Funkengarben und Kunstblitze warf. Żbik lachte, er war der Urheber dieser Feuerwerke, nur er wußte, wie man die Funken entfachte und die Teilnehmer des Abends, die gemütlich am Weißwein nippten, vor Angst zusammenzucken ließ.

Von Żbik erzählte mir ein gewisser älterer Herr, ein Musiker oder Musiklehrer, dessen Hände von Leberflecken übersät waren. Diese Hände hielten ein Glas

Weißwein. Der Musiker trank große Mengen dieses gelben Getränks. Während er von Żbik sprach, warf er von Zeit zu Zeit einen Blick auf den wirklichen, muskulösen Żbik, der nicht weit entfernt stand, der aber die etwas furchtsam gesprochenen Worte des Musikers nicht hören konnte, weil er selbst sich mit Łasica und einer etwa sechzigjährigen Dame in roter Perücke unterhielt. Diese Dame, die vielleicht sogar älter war, gehörte zu den ständigen Gästen der abendlichen Treffen, sie war Kunstkritikerin und hatte eine ständige Kolumne in einer bekannten Berliner Tageszeitung.

Der Musiker sprach bewundernd und nicht ohne Angst von Żbik. »Er ärgert mich manchmal«, sagte er, »und wirft mir vor, ich tränke zuviel. Aber ich trinke schließlich nur Wein. Das ist ein sehr begabter junger Mann. Man schreibt über ihn. Er ist hier der König.«

Ab und zu lud Żbik seine Untergebenen zu sogenannten Happenings ein, die er sorgfältig vorbereitete.

»Wie sieht das aus?« fragte ich.

»Ganz unterschiedlich«, sagte der Musiker, »ich kann es Ihnen nicht genau erzählen. Manchmal erschreckt er uns. Gelegentlich verkleidet er sich, verwendet verschiedene Geräusche und Lichteffekte, provoziert Situationen, deren Verlauf er nicht voraussehen kann. Sie müssen sich das anschauen, es selbst erleben, sonst können Sie nicht verstehen, worauf der Reiz dieser Abende beruht.«

»Nimmt sie denn auch an diesen Happenings teil?«

Ich hatte ›sie‹ gesagt, weil ich ihren richtigen Vornamen nie behalten konnte, aber der Musiker erriet ohne weiteres, wen ich meinte.

»Ja«, sagte er, »sie assistiert gelegentlich dem Meister.«

6

Nachmittags machte Henryk (ich schaue in den Spiegel) lange Spaziergänge. Eines Tages brach er nach Süden auf, fuhr mit der U-Bahn und dem Bus. Ziel dieser Reise war ein abgelegener Bezirk Berlins, fast schon ein Ausflugsort, mit viel Grün – Nikolassee. Dort hatte ein deutsch-preußischer Schriftsteller und Dichter, J. K., sein Leben beendet. Henryk hatte vor einiger Zeit die Tagebücher von J. K. gelesen, einen dicken Band Aufzeichnungen mit Zitaten aus der Heiligen Schrift, den ihm ein Bekannter empfohlen hatte. In Nikolassee wollte er sich das Haus ansehen, in dem J. K. gestorben war. Man kann nicht sagen, daß er ein Verehrer dieses Schriftstellers gewesen wäre. Abgesehen von dem dicken Band Tagebücher kannte er sein Werk kaum. Er hatte bei der Lektüre der Tagebücher von J. K. auch nicht empfunden, was man bisweilen erlebt, wenn man in einem Künstler, der vielleicht schon lange tot ist, einen Freund erkennt, einen Vertrauten, der ein für alle Mal verloren und dennoch wohl wirklicher ist als Menschen aus Fleisch und Blut, die leben, atmen, und an heißen Tagen schwitzen. Das hatte er nicht empfunden, eher das Gegenteil, er spürte die Fremdheit und Andersartigkeit dieses Menschen, aber es war eine Fremdheit, die ihn interessierte und ihm zu denken gab. Er wußte ein wenig vom Lebenslauf des J. K., auch vom Selbstmord, den er schließlich gemeinsam mit seiner älteren Frau und der Stieftochter begangen hatte.

J. K. hatte nämlich zu jenen Schriftstellern gehört, die nicht nur schreiben, sondern auch leben, zu jenen Schriftstellern, derer das Schicksal sich annimmt. Das Schicksal ist ein ganz hervorragender Autor, und es greift auf der Suche nach Gestalten für seine großen, epischen Romane bisweilen auf Schriftsteller zurück, die ihm an Rang nachstehen. Es befiehlt ihnen dann, den Schreibtisch zu verlassen, schickt sie nach Sibirien, verurteilt sie zur Schlaflosigkeit, betrügt sie und erlaubt ihnen manchmal, auch wenn es noch so eifersüchtig ist, ein Gedicht zu schreiben, das prachtvoller ist als sein eigenes, reiches Schaffen.

J. K. war zugleich ein ungewöhnlicher Literat, denn anders als die überwiegende Mehrzahl seiner Kollegen stand er nicht auf Seiten der Schwachen, er ging nicht jene Seitenwege, die die Armen, Kranken, Verliebten und Anarchisten gehen, er träumte nur unentwegt davon, dort zu sein, wo des Lebens Hauptstrom fließt, wo Politik und Macht sich mit ihren monumentalen Verdiensten und lorbeerbekränzten Verbrechen ausbreiten. Gerade dieser merkwürdige Geschmack des Literaten J. K. war es wohl, der das wachsame Schicksal auf ihn aufmerksam werden ließ.

Einige Kritiker behaupten, das Schicksal sei ein schreibwütiger Trivialautor, weil es zu allzu schrillen Effekten greift, seine Werke mit Leichen pflastert, sie mit Blut und Tränen tränkt, manche Erzählfäden völlig vergißt, andere dafür mit höchst seltsamen Eifer forciert, Rechtschreibfehler macht, sich an die Regeln keiner Poetik hält, lügt, oftmals langweilt und dann wieder Situationen konstruiert, deren Dramatik für ein paar Generationen reichen würde. Es verfüge jedoch über ein großes, vitales Talent, es lebe in jedem Kapitel neu auf, lasse sich von keiner Niederlage entmutigen, und es schreibe, schreibe, unermüdlich, Tag und Nacht, im Morgengrauen, am Nachmittag. Es ist ein dekadenter Autor, sagen andere Kritiker, ihm fehlt jenes Quentchen Ironie, ohne welches die Kunst nicht mehr ist als das klägliche Weinen eines Narren, wie ein humanistischer Kritiker es einmal formulierte. Bewundernswert sei jedoch der unerschöpfliche Einfallsreichtum des

Schicksals, es schreibe Tausende von Seiten, wie ein Homer, der hundert Trojanische Kriege auf einmal besingt, hundert Achillesfersen, hundert Helenas.

J. K. gehört zu den interessanteren Schöpfungen dieses ehrgeizigen Autors. Geboren in der Provinz, an der Oder, begann er recht konventionell. Das Schicksal schlummerte wohl, wie es auch Homer gelegentlich geschah, über dem noch weißen Papier. J. K. trat in die sozial-demokratische Partei ein, er hatte sich mit seiner protestantischen Familie heftig überworfen. Das Schicksal schuf zu jener Zeit Tausende ähnlicher Gestalten, es kleidete sie alle in den gleichen Gehrock, die gleiche Jacke, drückte ihnen identische Hüte auf den Kopf und ließ sie identische Ansichten teilen und äußern. Die Seiten seiner Bücher wimmeln von solchen ewig Gleichen. Der einzige interessante Einfall, auf den damals das Schicksal kam, als es die Serienproduktion von Leben satt hatte (lieber weniger, aber besser, forderte der humanistische Kritiker immer), war ein Briefwechsel von J. K. mit Asta Nielsen, dem dänischen Stummfilmstar.

Von diesem Einfall machte der große Autor keinen Gebrauch, mit keinem Wort knüpfte er an ihn an, vielleicht hat er ihn einfach vergessen. Das Gewehr, das im ersten Akt gezeigt wurde, verschwand spurlos. Der Autor verheiratete seinen Helden mit einer vermögenden Witwe, die älter war als er und zwei Töchter hatte. Wer weiß, ob er das bewußt tat, in Gedanken an künftige Komplikationen, oder ob er sich von dem banalen Zwang leiten ließ, alle Helden zu verheiraten, egal mit wem, Hauptsache, es gäbe Gestalten für die nächsten Bände. Das Gewehr wird jedenfalls später losgehen, und zwar ganz schön laut. Dem dreißigjährigen J. K. ist bald ein gewisser Überdruß an der Sozialdemokratie und dem fortschrittlichen Lager überhaupt anzumerken, dafür ziehen ihn das Christentum, das evangelische, und die Familie der Hohenzollern immer mehr an. Das Schicksal war aufgewacht. Der Kritiker F. schrieb zwar, daß der Autor auch hier nur ein weiteres Mal seine eigenen Schablonen kopierte, denn eine ähnliche Wandlung hätten zu jener Zeit Tausende von Nebenfiguren durchgemacht, die plötzlich den Zauber einer starken Staatsmacht und die große Vergangenheit ihres Landes entdeckten. Ja, aber, erwiderte der humanistische Kritiker Ł., vergessen wir nicht, daß es das Außergewöhnliche als solches in der Natur, das heißt in der großen Epopöe, nicht gibt, es entsteht erst durch die Kombination mehrerer Gewöhnlichkeiten, und unser Autor war eben geduldig dabei, eine solche Mischung zuzubereiten, ohne sich im geringsten um die Launen der Rezensenten zu scheren.

Zunächst jedoch zieht J. K. nach Berlin, wo er dank des Vermögens seiner Frau ein eigenes Haus beziehen kann. Er wird einige Male umziehen, bis er sich eben in Nikolassee niederläßt, zwischen Schlachtensee und Wannsee, am Wege nach Potsdam, in der Nähe der königlichen oder auch kurfürstlichen Heerstraße; das ist so, als wohnte man in Warschau nicht weit von der Wilanów-Allee. Das Haus in Nikolassee, mit vielen alten, schönen Möbeln dekoriert, wird J. K.s letzter Zufluchtsort sein, ja, es wird sein Grabgewölbe werden.

Auf der historischen Ebene des monumentalen Schicksalsromans (ja! es ist wirklich der große Roman, von dem die Kritiker in Ost und West träumen!) geschieht indessen viel, immer mehr, eine Gestalt tut sich besonders hervor, die viele Kritiker anfangs als episodische, als Übergangsgestalt betrachtet hatten, die aber, als sich herausstellt, daß Adolf Sch. nicht verschwindet, in immer neuen Kapiteln erscheint, als Ausdruck eines gewissen Manierismus, eines schon extremen Alexandrinismus des Autors unserer Epopöe. Diese Gestalt – so sagen einige Kritiker – habe sich gegen ihren Schöpfer aufgelehnt. Selbst Theoretiker, die dem Schicksal überaus abgeneigt sind, wollen nicht zur Kenntnis nehmen, daß dieser Autor sein sonst so interessantes Werk tatsächlich mit voller Absicht verdorben hat, indem er eine Kreatur vom Schlage der Dostojewski-Epigonen in seinen Mittelpunkt stellte.

Man könnte sagen, episodisch sei hier eher die Gestalt J. K.s als die jenes anderen, aber die Epopöe, von der die Rede ist, ist so kunstvoll aufgebaut, daß man beim Lesen die Linse des Mikroskops praktisch derart auf nahezu jede Silhouette einstellen kann, daß die übrigen Gestalten gehorsam in den Hintergrund treten; so etwas wie ein verbessertes Fotoplastikon, nur komplizierter. Nicht jeder kann damit umgehen.

Jedenfalls lebte J. K. jetzt im Schatten jenes Menschen, jener Silhouette, zunächst noch unbewußt, doch wird ihm das bald immer deutlicher. Er fährt nach Potsdam, studiert die Geschichte der Preußen und der Hohenzollernfamilie. Um ihn herum macht sich eine immer brutalere Macht immer dreister breit, er aber träumt von einem starken, doch nicht zu starken Herrscher, von einem väterlichen König. Er schreibt einen Roman mit dem Titel »Der Vater«, der dem Vater Friedrichs des Großen, dem sogenannten Soldatenkönig, gewidmet ist, einen Roman im Roman, das Schicksal mag solche Kunststückchen. Dieses Buch hat recht großen Erfolg bei den Lesern, sicherlich gerade bei denen, deren Väter schwache und unentschlossene Männer waren. Das war, vergessen wir es nicht, in den dreißiger Jahren, sie neigten sich ihrem Ende zu; die besten Autoren – abgesehen vom Schicksal, das ja wirklich nirgendwo anders hinkonnte – waren aus dem III. Reich emigriert, die Verleger aber kämpften wie immer gegen eine Flut von Manuskripten an. Warum? Können die Gesellen nicht einmal dann Ruhe geben, wenn die Meister abgereist sind? Sollte die Tatsache, daß jemand derart Einflußreiches wie das Schicksal auch schreibt, ganze Divisionen von Schreiberlingen dazu ermutigt haben, dem Autor Nummer Eins nachzueifern?

J. K. gewinnt sogar die Anerkennung einiger einflußreicher Politiker, gewiß jener, die mit ihren Vätern nicht zufrieden waren. Er findet also Gönner, ziemlich einflußreiche. Sie werden ihm bis zum Ende helfen, ohne ihn retten zu können. Andere, noch einflußreichere, werden gegen ihn sein und mehr Erfolg haben.

Jeder, der lesen kann, wird zugeben, daß J. K. eine schwierige und originelle Position einnimmt; im Gegensatz zu seinen großen Vorgängern akzeptierte er nämlich den Staat, sogar den räuberischen Staat (wenn auch keinen so grausamen wie den, der ihn schließlich umgebracht hat), er mißbilligte diese erbarmungslose und zugleich schöpferische Lebenssphäre nicht unbesehen; räuberische Staaten haben schon so manches zur Entwicklung der Welt und der Zivilisation beigetragen, auch wenn die Künstler, in gerechter Sorge um den menschlichen Leib, der immer wieder von Dolchen, Rapieren, Kartätschen und Panzern verstümmelt wird, und den menschlichen Geist, den die Hinterlist fleischfressender Minister verstümmelt, den Schwung der Raubtiere immer wieder zu bremsen suchen. Gerade damals, in den dreißiger Jahren, sollte man meinen, konnte es nur darum gehen, das Eiweiß vor dem Eisen, die Haut vor dem Messer zu bewahren. Zwischen den Künstlern und den Ersten Sekretären, Fürsten, Führern, Vorsitzenden und Präsidenten, hätte J. K. vielleicht geantwortet, herrscht ein ständiger feindlicher Widerspruch; aber wenn letztere nicht zu sehr über die

Stränge schlagen und ihre Umwelt und sich selbst vernichten, erschaffen sie Stadtstaaten und Staatsstädte, kränkelnde Imperien und gesunde Republiken, sie bauen Aquädukte und Eisenbahnlinien, einige von ihnen gehen sogar so weit, das Recht zu achten und zu schätzen (das sind Ausnahmen: Es sind jene, die normale, gesunde Väter hatten).

Henryk zweifelte keineswegs, auf welcher Seite er selbst stand, welche Reaktion, welche Empfindsamkeit ihm näher waren, welche er besser verstand, welche er nachempfinden konnte. Anders aber stand es mit dem Geschmack des Hauptautors, des Schicksals, das ja nicht nur die Schöpfer erschuf, sondern auch Präsidenten und ihre Staaten. J. K. konnte keine rein zufällige oder gar irrtümliche Kreation gewesen sein. Etwas in seiner menschlichen und künstlerischen Natur mußte den mehr oder minder versteckten Neigungen des Schicksals zutiefst entsprechen. J. K. war vielleicht sogar ein Liebling des Schicksals, und daß er so erbärmlich, so tragisch starb, hebt nichts auf, es annulliert nichts, denn das Schicksal wollte an seinem Beispiel wahrscheinlich den in aller Welt verstreuten Lesern zeigen, in was für einer schwierigen und ausweglosen Lage es selbst sich befindet, der Meister, der vermeintlich ohne Fesseln und Begrenzungen walten kann. Aber es braucht in seinem Buch nur Herrscher und Künstler gleichzeitig zu erschaffen, schon steht es vor unüberwindlichen Schwierigkeiten, die keine schöpferische Freiheit zu meistern in der Lage ist. Je mehr Freiheit, desto mehr Beschränkungen, denn die Kraft schöpferischer Freiheit zeigt sich in ihrer Fruchtbarkeit, die Fruchtbarkeit aber in der Vielzahl der erschaffenen Wesen und Existenzen, und diese wiederum müssen sich zwangsläufig antagonistisch zueinander verhalten. So sind die Gesetze der Ästhetik, die auch für das

Schicksal gelten, nicht nur für die von ihm erschaffenen Künstler.

Deshalb hätte es auch nicht viel Sinn zu fragen, ob die Prämissen J. K.s, der während eines schrecklichen Gewitters ein etwas ruhigeres Gewitter mit eher väterlichen Blitzschlägen rühmte, ganz rein und unschuldig waren, oder ob nicht doch Angst dabei mitspielte, die dem Gedanken seine Färbung verlieh. Ich weiß es nicht, es läßt sich allenfalls vermuten. Auch das Schicksal hat nichts davon geschrieben, es hält im allgemeinen nicht viel von allzu offenem Eigenkommentar, es will entziffert, will gedeutet werden, es liebt Rätsel, Ellipsen, Parabeln, es will dunkel sein. Vielleicht will es auch verständlich sein, aber es hat immer so viel Neues zu sagen, daß es dunkel wird, wie jemand, des Herz voll ist, zu schnell spricht.

Wir sind noch in den dunklen dreißiger Jahren, die Religiosität von J. K. wächst. Es kommt so weit – wie der Kritiker O. ironisch anmerkt –, daß J. K., als Adolf Sch. nach Polen aufgebrochen war und seine geschichtsträchtige Entscheidung in einer Reichstagsrede begründete, ihm in einer Tagebuchnotiz lediglich vorhielt, daß er den Namen Gottes in seiner Rede nicht erwähnt hatte. Über ein Nachbarland herzufallen, wäre nicht gar so schlimm gewesen, hätte man es nur auf allerheiligste Aufforderung getan. Und wieder wissen wir nicht, was das Schicksal dazu meint, was es vor sich hin murmelt, während es die Seite fleißig mit seiner winzigen Schrift bedeckt. Auch wissen wir nicht, aber das ist vielleicht zu verschmerzen, wann das Schicksal schreibt, am Vormittag nach einem leichten Frühstück, oder nachts, oder vielleicht immerzu, pausenlos. Gott also war in der mannhaften Rede des Kanzlers nicht vorgekommen. J. K. verkehrte jetzt mit den Hohenzollern, sie erwiesen ihm ihre Gunst, er war schon bekannt als Autor des »Vaters«, als Chronist der Familie. Sie beteten sogar gemeinsam, ihre Knie berührten den Steinfußboden der Kapelle in Potsdam. Die Soldatenuniform ist unbefleckt geblieben, überlegte J. K., man muß den Wahnsinn des Kanzlers und die Ehre der Truppe auseinanderhalten. Was für eine männliche Dynastie, die Hohenzollern, so männlich, daß Friedrich der Große die Frauen sogar aus dem Schlafzimmer verbannt hatte. Im Innern des grausamen Gewitters dauerte ein milderes Gewitter an, die militärische Uniform ist diese lichtere Hagelwolke. Die Vettern der Hohenzollern sind ungemein sympathisch und einnehmend. J. K. ist kein Adliger, doch jetzt hat er die Möglichkeit, sich mit den großen Herren zu unterhalten. Sie reden, sie schweigen. Sie sind aufs Abstellgleis geschoben, weil sie gern ein milderes Gewitter hätten. Die großen Herren sind jetzt andere, es sind Metzgers- und Schneiderssöhne.

In ebendiesen dreißiger Jahren – die nach Ansicht sehr vieler Kritiker zu den schwächsten Kapiteln gehören, die das Schicksal je geschrieben hat – stellt sich heraus, welchen entscheidenden Fehler der Hohenzollernfreund, der selbst kein Adliger war, begangen hatte. Er hatte eine Jüdin geheiratet. Haben wir das noch nicht erwähnt? Die reiche Witwe war eine Jüdin. Beide Stieftöchter waren Jüdinnen. Ein Autor, der positive Romane über die Preußen schrieb, mit einem positiven, wenn vielleicht auch zu gutmütigen Helden, hatte, wie sich herausstellt, eine Jüdin zur Frau. Ein anständiger Christ, jemand aus einer protestantischen Familie, der ein gesundes Gespür für alte deutsche Tradition besaß, hielt sich nicht weniger als drei Jüdinnen im Haus. Eine Stieftochter hatte Deutschland Ende der dreißiger Jahre verlassen, es blieben zwei nichtarische Frauen. Viele vernünftige Menschen ließen sich damals von ihren jüdischen Frauen scheiden, und die verschwanden irgendwo, in den dunklen Waggons langer Züge, sie kamen abhanden, sie zerstreuten sich irgendwo, in irgendwelche Urnen, waren nicht mehr aufzufinden. Leichter zu finden war eine neue Frau, die nicht diese kleine tödliche Eigenschaft besaß; bei diesen Scheidungen drückten die Behörden, ungeachtet ihrer Unterstützung für Moral und Familie als Keimzellen einer gesunden Gesellschaft, ein Auge zu, denn sie hatten ja eine reinigende Wirkung. Wer die Kraft zu einer derart energischen Geste fand, konnte der Gesellschaft und dem Autor der kolossalen Epopöe noch nützlich werden. J. K. ließ sich nicht von seiner Frau scheiden, doch läßt das Schicksal vermuten, daß es Augenblicke gab, schwere Augenblicke, in denen er diese Möglichkeit erwog. Es wäre schön gewesen, die semitische Gefährtin loszuwerden. Sie selbst legte ihm diese Lösung nahe. Er sei doch Schriftsteller, könne sein Talent und seine große Zukunft nicht vergeuden. Irgendwann würde das große Gewitter sich etwas besänftigen, die Freunde, mit denen er auf kalten Steinfußböden betet, würden noch Einfluß gewinnen. Er hat Leser, viele von ihnen tragen die Soldatenuniform. Sie schreiben dem Autor des »Vaters« Briefe. Sie ist ihm nur eine Last, eine schwarze semitische Last.

Aber er tat es nicht. Schrecklich müssen die Augenblicke gewesen sein, in denen diese Möglichkeit ihm verlockend erschien, der Schweiß trat ihm auf die Stirn, er haßte sich selbst. Vielleicht untergraben die Juden tatsächlich unseren Staat? Ihre Hände sind nicht dazu gemacht, den Säbel zu halten. Aber er tat es nicht. Ob sie ihn aufrichtig dazu aufgefordert hat? Wie groß waren die Schweißtropfen?

Die andere Stieftochter, die in Berlin geblieben war, mußte – auf behördliche Anweisung – Arbeit in einer

Fabrik aufnehmen, abends erholte sie sich in der Atmosphäre des Elternhauses, denn das Haus war immer noch eine Festung der Unabhängigkeit, die alten Möbel, Gemälde, Skulpturen und Leuchten waren unangetastet; die festlichen gemeinsamen Mahlzeiten schirmten J. K.s Familie von der Realität des Kapitels ›Dreißiger Jahre‹ ab. Nicht zu übersehen aber war zum Beispiel die Tatsache, daß von einer bestimmten Zeit an Juden die öffentlichen Badeplätze nicht mehr benutzen durften; schöne, kühle Seen erstreckten sich in der Nähe der Villa von J. K., und im Sommer wollte man, selbst wenn man nur ein Jude war, dort schwimmen, schwimmen, nichts als schwimmen. Der Kritiker F., Verfasser einer bekannten Studie über die schöpferische Phantasie des Schicksals, behauptet, gerade in solchen Details zeige sich die imponierende und perfide Größe dieses Autors. Denn, so F., die Statisten dieser Epopöe Krematorien bauen und sie die Leiber der Opfer in ihnen verbrennen zu lassen, ist grausam, aber ein wenig geschmacklos, ein bißchen zu deutsch, kitschig geradezu; den Juden aber an einem heißen Augusttag, wenn die Erde schmilzt und über den Heidefeldern die Luft sich schält, leicht wie ätherisches Öl, das Baden zu verbieten, das ist eine literarisch erlesene Tortur, etwas, das leidenschaftlichen Schwimmern mehr sagt als der Tod, den sie ja nicht kennen.

1940 wurde J. K. zum Dienst in der Wehrmacht einberufen; das war ein Zeichen der Ungnade, denn wer als Autor tatsächlich die Sympathie der Partei genoß, machte allenfalls Ausflüge an die Front, gut vorbereitete Exkursionen, oder er wurde etwa damit beauftragt, das Kulturleben im eroberten Paris zu organisieren. Nach einem Jahr wurde J. K. aus der Wehrmacht entlassen, ein neuer Beweis zunehmender Ungnade; die Ehemänner nichtarischer Frauen waren nicht würdig, die deutsche Uniform mit deutschen Knöpfen und deutschen Schulterstücken zu tragen. Dabei hatte sich J. K. so wohl gefühlt in der soldatischen Menge, in dieser großen männlichen Familie, in der es keine Frauen gab, nicht einmal arische. Ab und zu traf er Offiziere, die seinen Roman kannten. Ich werde gebraucht, sagte er sich, diese Jungens in den feldgrauen Uniformen brauchen meine väterliche Prosa. Fern war seine Frau, fern der Kanzler, nur die Felder der Moldau erstreckten sich bis zum Horizont, Rauchfahnen stiegen über ihnen auf. Krähen beäugten die deutschen Soldaten.

Ungern läßt er die große männliche Familie, die gemeinsamen Abende am Lagerfeuer, die neuen Freunde zurück und kommt nach Berlin. Das Schicksal hat es plötzlich eilig, es sieht auf einmal, wieviele Fäden es in diesen Jahren abschließen muß, es wird ungeduldig. J. K. ist sein Liebling, kein Zweifel, aber man muß sich den Maßstab des Unternehmens, muß sich die anderen Lieblinge in anderen Ländern vor Augen halten, das Schicksal bediente sich ja schließlich der kürzlich erfundenen Simultantechnik, es verdoppelte und verdreifachte sich, war arbeitsamer als Balzac, wenn vielleicht auch nicht so gewissenhaft wie Flaubert. Nur noch ein Jahr schenkt es J. K. in Berlin. Der arme J. K. versucht, die wenigen Protektoren, die ihm geblieben sind, zum Schutze seiner Familie zu bewegen. Doch die Protektoren haben eigene Sorgen, sie müssen sehr vorsichtig agieren, so viele Protegés warten auf die Errettung, sie dürfen nichts überstürzen, selbst wenn es um einen talentierten Schriftsteller geht. Und außerdem ist das Talent selbst ja nicht in Gefahr, nur die Frau und die Stieftochter des Talents, es gibt so viele komplizierte Fälle, zunächst und vor allem ist die deutsche Kunst zu schützen.

Bis zum letzten Augenblick sucht J. K. die Kanzleien der Protektoren auf, die zucken die Achseln, sie sind zu schwach, die Antiprotektoren befinden sich in einer unvergleichlich besseren Lage. Und tatsächlich, J. K.s nichtarische Frauen erhalten die Ladung zum Transport, schon warten am Nebengleis die dunklen Waggons der langen Züge. Nur mit Gott kann J. K. noch sprechen, aber wir wissen nicht, was das Schicksal von Gott hält, ob es ein Agnostiker ist oder ob es J. K.s frommen Glauben teilt. Im Dezember 1942 verübte J. K. mit seiner Frau und der Stieftochter gemeinsam Selbstmord. Der Roman ging weiter, nur der Faden J. K. wurde aufgehoben, übrigens nicht ganz, der gutmütige Autor läßt diese Gestalt durch ihre Bücher weiterwirken, er läßt Tagebücher, Tausende von Manuskriptseiten unversehrt.

Henryk war fasziniert von des machtlosen J. K. Techtelmechtel mit der Macht. J. K. hatte sich auf die Seite der Starken, wenn auch nicht der Allerstärksten schlagen wollen, aber der männliche Arm des Schicksals hatte ihn auf seinen Platz verwiesen. Wie ein abgeschlagener Mitbewerber stand J. K. schließlich ganz allein da, ein einsamer Mann unter der Bürde zweier Jüdinnen. Die Stärke braucht die Schwachen nicht, oder doch nur, um sich von ihnen zu nähren. J. K. erinnert an jene stotternden, brillentragenden Jungen, die davon träumen, sich mit dem Kraftmeier der Klasse, mit dem besten Fußballspieler der Schule anzufreunden. Aber das Schicksal hamletisiert unaufhörlich. Als Künstler steht es auf Seiten der Schwachen, als genialer, überschäumend fruchtbarer Autor aber reißt es immer wieder zu den Starken aus, denn es fühlt sich als einer von ihnen, fühlt sich größer als sie, manchmal meint es der Präsident der Präsidenten zu sein und glaubt, es bräuchte nur mit dem kleinen Finger zu winken, schon müßte wer weiß was passieren. Es hamletisiert, es hamletisiert. Und für Erinnerungen hat es keine Zeit, es schreibt weiter an seiner Epopöe. Eingeweihte wollen wissen, daß die Kapitel, an denen es zur Zeit arbeitet, diejenigen der dreißiger und vierziger Jahre noch weit übertreffen werden.

Henryk fand das Haus von J. K., in dem jetzt wahrscheinlich eine fremde Familie wohnte, die dem Liebhaber der Liebesaffäre des Autors des »Vaters« keinen Zutritt verschaffen wollte; er fand den kleinen Kirchfriedhof, auf dem die Selbstmörder begraben worden waren, die Kirche, die J. K. oft besucht hatte und deren schlankes Türmchen er aus den Fenstern seines Hauses einst sah. Ein großer, birnenförmiger Granitstein rief den wenigen Spaziergängern den Rassenwahn in Erinnerung, der J. K. und seine Familie gesteinigt hatte. Rassenwahn, was für eine irrige Interpretation, sie stammte sicher aus der Feder irgendeines Lokalkritikers, der nichts von den Absichten und der Unentschlossenheit des Schicksals wußte. Henryk dachte wehmütig daran, wie wenig Spuren J. K. in diesem ruhigen Viertel, das von satten Häusern bestanden und von grün umwachsenen Pfaden durchzogen war, hinterlassen hatte. Läufer eilten auf den Pfaden vorbei, Jogger in Trainingsanzügen und weißen Adidas-Schuhen, atemlose Männer mit roten Backen. Hier geschieht nichts mehr, dachte er, ich bin zu spät gekommen. Nur Läufer laufen noch, nichts weiter.

Er skizzierte in seinem Notizblock das Haus von J. K., war aber nicht ganz sicher, ob er die richtige Villa zeichnete, denn in Höhe der Nummer, die er aus dem Buch, den Tagebüchern kannte, standen zwei Häuser, eins in Straßennähe, das andere weiter hinten im Garten, von jungen Linden verdeckt.

Die Septembersonne schien; in der Nähe des Hauses

von J. K. lag ein flaches, grasbewachsenes Tal. Dort war früher ein Bach geflossen. In seinem einstigen Bett wuchsen jetzt Erlen. Henryk setzte sich auf eine Bank an der Böschung oberhalb des Tals. Spinnweben schwebten in der Luft, es war mild und gelb wie am Sonntag, obwohl erst Donnerstag war. Bald setzte sich auf dieselbe Bank, einen Meter von ihm, ein sechzigjähriger, gut gekleideter Mann. Er trug einen hellen, eng gegürteten Staubmantel und einen etwas altmodischen Hut. Er war für diesen warmen Tag zu warm angezogen. Seine Gestalt hatte etwas Soldatisches. Bevor er sich setzte, prüfte er sorgfältig, ob die Bank sauber genug sei. Er trug gelbe Lederhandschuhe. Kaum hatte er sich gesetzt, begann er laut zu sich selbst zu sprechen, mit gleichsam apathischer Leidenschaft. Er stieß Worte von unterschiedlicher emotionaler Heftigkeit aus, er gestikulierte, aber sparsam, offenbar war er Gegner eines allzu expressiven Theaters, fürchtete er übertriebene Affektation.

Mal lächelte er, mal verzog er das Gesicht, und sein roter Schnurrbart spannte sich wie ein Bogen, der den Pfeil der Nase abschießen will. Er gab militärische Befehle, dann verhöhnte er jemanden, der Fritz hieß, er lachte diesen Fritz gnadenlos aus, ein Glück, sagte er, Fritz, ruhe in Frieden, du wirst mir nie mehr in die Quere kommen, der Teufel soll dich holen.

Henryk rückte einen halben Meter von ihm ab, um Distanz zwischen sich und dem ungebetenen Gast zu schaffen. Keine Angst, sagte da der wahnsinnige Mann, keine Angst, ich tu dir nichts, dann setzte er seinen Monolog fort, er wollte nur zu erkennen geben, daß dieser Monolog in lang schon abgesteckten Grenzen verlaufe und nicht über die Ufer treten würde. Henryk atmete wie erleichtert auf. Der Verrückte beachtete ihn nicht, er entsicherte eine Granate und schleuderte sie in

Richtung der nächststehenden Erle, entschuldigte sich aber dann mit dem Anflug eines Lächelns bei Henryk für diesen dummen Streich, keine Angst, wiederholte er, dann schützte er seine Augen vor der Explosion der Granate. Andreas, warnte er einen toten Freund, paß auf, in Deckung! Danach wechselte er zu einer allgemeineren Thematik, die Konteroffensive in den Ardennen beschäftigte ihn einen Augenblick, gleich darauf ging er nach Dresden, aber warum Dresden, gerade Dresden, und der Ostsee eisige Wogen, deklamierte er gedankenversunken, glänzend weiß wie Schnee. Er stritt einen Augenblick heftig mit einem namentlich nicht genannten höheren Offizier, zuckte die Schultern und trat ab, ohne die Bank zu verlassen. Lange lachte er lautlos. Mit der Rechten tastete er seine Herzgegend ab, wie um sich zu vergewissern, ob er noch lebte. Keine Angst, sagte er wieder beruhigend zu Henryk. Sein Gesicht war sorgfältig rasiert und mit Kölnisch Wasser parfümiert, er war nicht verwahrlost und schmutzig wie die Verrückten in der Stadt, das war ein Gentleman, einer von jenen, die im Krieg gestorben waren, deren Geist tödlich verwundet worden war, obwohl ihr Körper wie durch ein Wunder überlebt hatte. Solche Veteranen konnte man auch in Polen treffen, sie redeten in der Straßenbahn oder auf dem Bürgersteig, sie schworen Führern die Treue, die nicht mehr lebten, sie erklärten, daß sie immer noch auf Posten stünden. Keine Angst, wiederholte der Mann und zündete sich eine Zigarette an.

Auf dem Rückweg sah sich Henryk noch einmal die Granitbirne an, und es kam ihm vor, als sei dieser Stein mit den eingravierten Worten, die vom Rassenwahn sprachen, so etwas wie ein riesiger Briefbeschwerer, den das Schicksal auf die Akte J. K. gesetzt hatte, aus Angst, der Wind könnte diese Seiten hinauswehen. Keine Angst.

7

Was ist das schon, Zeichnen, neben Sport und Musik eines der bedeutungslosesten Schulfächer. Mit den wirklich ehrgeizigen Schülern, die von einer Karriere in der realen Welt träumten, konnte ich nicht konkurrieren. Und doch lobte der dreißigjährige Zeichenlehrer, ein bärtiger Akademieabsolvent, mich vor den anderen Schülern, so muß es sein, sagte er immer und zeigte auf meine Arbeiten. Zum Glück machte mich das bei meinen Mitschülern nicht unbeliebt, denn ich hatte genug Schwierigkeiten in den anderen Fächern. Ich spielte ganz gut Fußball. Der Lehrer hatte einen üppigen schwarzen Bart, er analysierte eingehend die Fehler der anderen, lächtelte verlegen, sprach von den Gesetzen der Perspektive, des Strichs, der Schattierung, erzählte, weshalb die Gegenstände dargestellt sein wollen, welche Chance das für sie ist, wie sie auf den Blick des Künstlers warten, jahrelang, und wie enttäuscht sie sind, wenn man ihr Porträt verpfuscht.

Hier ist es gut, sagte er und wies auf meine Zeichnungen. Ich war der Mozart des Zeichnens. Die Mitschüler fragten mich, wie ich das mache. Ganz einfach, man nimmt einen Bleistift und riskiert einen langen Strich. Das ist so, als ob man über Wiesengräben springt, deren Breite man nicht genau kennt, weil an ihren Ufern dichtes Unkraut wächst.

Schon als Kind beteiligte ich mich an mehreren Wettbewerben. Ich gewann zwei wichtige Preise. Einmal überreichte mir der Vorsitzende des Nationalrats eine sehr große Anerkennungsurkunde und bezeichnete mich als die Hoffnung unserer Stadt, die Hoffnung von Gdańsk.

Das fand ich lustig, denn Zeichnen kam mir damals so leicht und einfach vor, daß es ganz töricht schien, irgendwelche Hoffnungen damit zu verbinden.

Mein Vater ist Ingenieur und arbeitete bis vor einigen Jahren – er ist Rentner – als Schiffskonstrukteur. Er zeichnete also auch, nur daß sein Strich nicht frei war, über seinen Verlauf entschieden die Berechnungen und Kalkulationen ganzer Kollektive. Mein Strich ist auch nicht völlig frei, denn ich zeichne Menschen, ihre Gesichter und Hände, auch Gegenstände, Schränke, Regenschirme, Gabeln, Federhalter, Radiogeräte, Straßenbahnen. Nicht ich habe die Gesichter der Menschen oder auch nur die Schränke und Regenschirme erfunden, der Geburt meiner Objekte, meiner Helden, sind irgend jemandes Berechnungen vorausgegangen.

Ich stritt oft mit meinem Vater. Er behauptete, daß seine Projekte im Grunde größere Bedeutung hätten, daß sie ein Glied in einer Produktionskette seien, während meine Arbeiten nicht weiterführten, bestenfalls den sogenannten Kunstkonsumenten einen Augenblick des Genusses bereiteten. Du bist also ein Hedonist, sagte mein Vater streng, und festigst die Herrschaft des Hedonismus auf dieser Welt.

Das Zwillingswort zu Hedonismus war Heroismus. Mein Vater hielt sich nicht für einen Helden, obwohl er im Aufstand gekämpft hatte. Er war aber der Meinung, wir beide seien Konkurrenten. Meine besten Zeichnungen entstanden manchmal in kaum einer Minute. Das konnte er nicht verstehen. Ausgeschlossen, das glaube ich nicht. Und was machst du mit dem Rest der Zeit, was fängst du mit deinem Leben an, wenn du deine hedonistische Pflicht noch vor dem Frühstück erledigen kannst? Ein Goldjunge wirst du. Dabei warte ich manchmal sehr lange auf diese paar Sekunden, sie kommen zu mir, sie fallen wie Goldregen, und zögern dann wieder, während ich heroisch versuche, sie zum Kommen zu bewegen oder so lange wie möglich festzuhalten. Ich gehe arbeiten, pflegte ich später zu sagen, als ich die Akademie absolviert hatte, und mein Vater brach in boshaftes, heroisches Lachen aus. Ach so, sagte er, spielen gehst du, nichts dagegen, ich weiß nur nicht, weshalb du von Arbeit redest. Das Vergnügen reicht dir nicht, du willst auch noch als solid erscheinen.

Was ich mache, ist arbeiten, fügte er hinzu. Ich habe noch nie ein Projekt in wenigen Sekunden fertiggebracht. Das ist eine Ungerechtigkeit. Manchmal dauert eine Arbeit, für die man zwei Monate veranschlagt hat, eine Woche kürzer, aber daß sie innerhalb eines Augenblicks in heller Flamme verbrennt, das kommt nie vor.

Ich schwieg. Was hätte ich sagen sollen. Er hatte ja recht. Was konnte ich ihm entgegnen? Je älter ich wurde, desto anrüchiger erschien mir meine Beschäftigung. Hätte ich wenigstens Comics für die Zeitungen machen können. Aber meine Zeichnungen waren nicht witzig. Über diese Dinge sprach ich auch mit meinem Freund Olek, einem Dichter, der in Warschau wohnte. Olek schreibt gute Gedichte, ist aber kein bekannter Autor. Auch er betrachtete meine Zeichnungen mit Mißtrauen. Kunst, sagte er, ist immer die Verknüpfung von zwei verschiedenen Dingen, ihr Wesen ist der Vergleich, am besten der verborgene, nicht hervorgekehrte Vergleich. Die Kunst spiegelt keineswegs die Wirklichkeit wider – wie andere junge Literaten seinerzeit meinten, die Mimosen der Mimese –, sie bildet ein Gebiet für sich, ähnlich wie die Mathematik, sie bedient sich sogar analoger Methoden, einer Art blutvoller Abstraktion.

Blutvolle Abstraktion, das war Oleks Lieblingsterminus, er meinte damit wohl, daß die Abstraktion in der Kunst, anders als in den Naturwissenschaften, keineswegs die Verbindung und Verwandtschaft mit der sinnlichen Welt, mit Gerüchen, Farben und Lauten verliert. Jede geglückte Verknüpfung bildet gleichsam ein Dreieck, von dem zwei Spitzen auf der Erde ruhen, auf einer

Wiese, im Wald, im Schlafzimmer, in einem Seufzer, in einer Erinnerung, einem Lichtfleck, auf einer Großstadtstraße, am Ufer eines Gebirgsflusses, in einem Gedanken, einer Rührung, während die dritte Spitze sich als Lichtpunkt hoch oben bildet, dort, wo die Lichtstrahlen aus zwei Flakscheinwerfern sich kreuzen. Wenn der tschechische Dichter Holan blühende Kastanien mit dem Bierschaum verknüpft, überläuft mich, den Leser, ein Schauder. Die Tschechen werden doch aus dem Bierschaum geboren wie Aphrodite aus den Meereswellen. Es gibt auch komische Mißverständnisse, die nichts weiter als witzig sind; mein Professor am Lyzeum zum Beispiel, der schon alt war und vergeßlich wurde, reiste nicht gern, ich weiß nicht warum, und er sammelte Argumente gegen das Reisen, wobei er sich oft wiederholte und Daten, Orte und Umstände immer hoffnungsloser durcheinanderbrachte. »Denken Sie nur, meine Herren«, sagte er einmal, »Christoph Kolumbus hat Weltruhm erlangt, obwohl er seinen Geburtsort nie verlassen hat.« Der arme Mann hatte Kolumbus mit Kant und Genua mit Königsberg, das Ding an sich aber mit Amerika verwechselt. Diese Abstraktion drängt, obwohl auch sie blutvoll ist, eher unter die Erde als in den Himmel.

Beim Zeichnen gibt es das nicht. Entweder wird man zum Sklaven der Wirklichkeit, zum Gefangenen der Formen, Schatten, Erhebungen und Vertiefungen, oder man wird zum Bändiger von Schatten und Gespenstern, man erschafft Traumbilder, Vögel, die es nicht gibt, unmögliche Bäume, man gleitet in den Abgrund eines pompösen Nichts. Die Kunst muß auf halbem Wege zwischen Wirklichkeit und Nichtwirklichkeit stehenbleiben, sie darf die glatten Seiten des Dreiecks nicht hinabgleiten, ins Tal, sie darf auch die Nase nicht so hoch tragen, daß sie das Kinn der Wirklichkeit vergißt.

Ich wehrte mich nachlässig gegen diese Vorwürfe. Olek war eben ein Doktrinär, und Gründe zu erfinden, weshalb er Gedichte schreiben sollte, beschäftigte ihn fast ebenso wie das Dichten selbst. Er war einer jener Menschen, die im Grenzgebiet zwischen Intellekt und Kunst leben, er gehörte dem nicht sehr glücklichen Stamm an, der in Jagdgründen zweier verschiedener Staaten pirscht. Anfangs nahm ich mir Oleks Vorwürfe und Argumente sehr zu Herzen, später brachten sie mich nicht mehr aus der Ruhe. Diese Theorien wechselten, sie änderten sich, viel stärker übrigens als die Poetik von Oleks Gedichten, die ich so mochte. Aber ich antwortete ihm: Jede gelungene Zeichnung ist eine Metapher. Die Wahl des Gegenstandes ist eine Metapher. Das Fehlen anderer Gegenstände ist eine Metapher. Das weiße Papier ist eine Metapher. Die schwarze Tusche ist eine Metapher. Weiße Flecken sind metaphorisch.

Meine erste Ausstellung trug den Titel »Krankheiten«. Es waren Zeichnungen und Porträts kranker, eingebildet oder wirklich kranker Menschen. Ich versuchte das zu zeichnen, was in den Kranken gesund, schön und hoffnungsvoll ist, deshalb war in diesen Arbeiten keine bedrückende, traurige Atmosphäre, eher ein Erstaunen, daß die Krankheit eine Mutation werden, daß sie manchmal sogar etwas aufdecken kann, das vorher von der Normalität erstickt war, etwas Zartes, etwas Schüchternes. Meine Mutter war damals schwer krank, sie lag ein halbes Jahr in verschiedenen Spitälern. Ich besuchte sie oft und sah mir auch die anderen Kranken an, prägte mir ihre Gesichter ein. Einmal sah ich, wie die Schwester eine Kranke etwas fragte, eine ältere Frau, der man ansah, daß sie einst sehr schön gewesen war. Ich zeichnete das gesunde, rundliche Gesicht der Schwester, und gleich daneben setzte ich das

Gesicht jener Frau, zart wie eine weiße Nelke, wie aus einer anderen Welt. Später erfuhr ich von meiner Mutter, daß diese Frau einmal eine bekannte Sängerin gewesen war.

Aber von Theorien wollte ich nichts wissen. Der Begriff der blutvollen Abstraktion gefiel mir deshalb, weil ich Olek überhaupt mag und er solche Kürzel, solche provisorischen Definitionen braucht. Zeichnungen sind auch nichts Endgültiges, aber sie heben sich wenigstens nicht gegenseitig auf, sie erschlagen sich nicht so wie Theorien, diese ungewöhnlich kriegerischen Geschöpfe.

Wenn der bärtige Lehrer in der Schule meine Arbeiten lobte, fühlte ich mich ein bißchen wie der Übertrager einer gefährlichen Krankheit. Manchmal hatte ich vor mir selber Angst. Du hast Talent, sagte der Lehrer. Mit den Jahren ahnte ich immer deutlicher, daß ich ausgezeichnet und bestraft zugleich war. Vom Schicksal; ich möchte dafür keinen konkreten Menschen verantwortlich machen. Talent haben, heißt in der Einsamkeit arbeiten. Heißt einsam sein. Einsam sein wollen. Talent haben heißt, mehr zu zweifeln, mehr zu leiden, sich mehr zu ängstigen als andere. Heißt auch großes Glück zu erleben, das der siamesische Bruder der Angst ist. Ich wußte noch nicht genau, was mich erwartete, doch war mir schon klar, daß etwas Fremdes in mir sitzt, etwas wie ein Herzschrittmacher, und daß dieser Fremdkörper gemeinhin Talent genannt wird.

So hatte ich keine große Wahl, denn während meine Mitschüler überlegten, ob sie Seemann, Lastwagenfahrer oder Pilot werden sollten, ahnte ich schon, daß dieses Fremde, das in mir ist, mich nichts anderes tun läßt, es wird mich zum Malen oder Zeichnen zwingen, selbst wenn ich von einer ganz anderen Karriere träumen sollte. Talent zu besitzen, so schien mir, war so, als hätte man einen ungeheuer habgierigen Gläubiger, dem man das ganze Leben lang zahlen, für den man alles verkaufen muß, und der dennoch nie genug bekommt und sogar am Sterbelager noch Forderungen stellt.

Später, als ich auf der Akademie studierte, konnte ich über viele meiner Kommilitonen nur staunen. Sie tranken fast alle wie die Irren. Wodka, Wein, Bier. Bier, Wodka, Wein. Wein, Bier, Wodka. Ich begriff bald, daß das eine gesunde Reaktion der Natur war, ein Ausdruck des Selbsterhaltungstriebs. Diese Jungen, die ein Fünkchen Talent besaßen, setzten unwillkürlich alles daran, sich von ihrer Last zu befreien, sie im Alkohol zu ertränken, so wie man blinde Welpen ertränkt, wie man ein unerwünschtes Kind abtreibt. Sie ahnten insgeheim, was für ein Unglück es ist, Talent zu haben, einen winzigen Splitter Talent nur. Sie wollten es so loswerden, wie manche wirklich genialen Künstler sich der Liebe entledigen. Brahms, der heftig in die viel ältere Clara Schumann verliebt war, wich ihr eine Zeitlang keinen Schritt von der Seite, er richtete sich in all seinen Plänen nach ihren Wünschen, lehnte Einladungen zu Konzerten ab, fuhr aber dann doch ins heimatliche Hamburg zurück und erklärte in einem seiner Briefe, die Liebe sei eine großartige Sache, der natürliche Zustand des Menschen – sprich: des Künstlers – sei aber doch eher innere Ausgeglichenheit. Ich glaube, er hat sich der Liebe dadurch entledigt, daß er sie ungewöhnlich freigebig verschenkte, so war er relativ schnell auskuriert und konnte sich wieder dem Notenpapier widmen. Clara Schumann hatte zum Glück ihr eigenes Notenpapier, wenn auch kein so hervorragendes wie Brahms.

Ich war schon damals kein Wunderkind. Ich mußte alles von den Anfängen lernen. Der bärtige Lehrer, der mittlerweile an der Akademie war, befürchtete, ich hätte die Gabe des unbefangenen Zeichnens verloren. Aber ich spürte, daß es nicht weg war, sondern sich wandelte, daß es mit mir wuchs, vorübergehend unbeholfen war, verborgen lag, ja sogar schlummerte, aber es war bei mir geblieben. Ich lernte die Regeln und Vorschriften der Kunst kennen, so wie man sie auf der Akademie versteht. Die Akademie trat im Namen eines hypothetischen Künstlers auf und wollte ihren Studenten wenigstens einen kleinen Teil seiner Fähigkeiten vermitteln. Dieser Künstler war ein Gott, der sich von der Arbeit der Welterhaltung erholte, indem er malte, ein göttlicher Sonntagsmaler, ein Genie der Perspektive, ein absolut sicherer Kolorist, Erfinder unzähliger Anekdoten und Mythen, jemand, der Licht erschafft und verwandelt, auf der Leinwand und in der zitternden Luft eines Maienabends.

Die Akademie schüchterte also ein, weniger durch die großen Errungenschaften der Professoren und Assistenten als durch die in Vermutungen und strengen Befehlen sich abzeichnende Gestalt des vollkommenen Künstlers. Auch ich war eingeschüchtert, sah ich doch, daß ich mit diesem Genius niemals würde Schritt halten können. Ich traute mir ohne weiteres zu, mich im Namen einer gewissen, besonderen Unvollkommenheit auszusprechen, irgendwo im Grenzbereich zwischen Gesundheit und Krankheit, aber alles erzählen, mit homerischer Ruhe und Humor, das konnte ich nicht. Sie, die Professoren, wußten sehr gut, daß das zuviel verlangt war, sie waren wie Eltern, die nicht viel Erfolg im Leben gehabt haben und ihre Kinder zwingen wollen, ihre Fehler und Irrtümer in den eigenen Biographien wiedergutzumachen, das zu erreichen, wovon sie in ihrer Jugend geträumt hatten. So war es in den ersten Studienjahren, später, vor dem Diplom, wurde es ganz anders, die Lehrer schienen die Absolutheit ihrer Forderungen einzusehen und wurden plötzlich übermäßig tolerant, sie waren mit allem einverstanden, sie resignierten, zuckten mit den Schultern, denn jetzt wurden wir, ihre Schüler, zu Kollegen, die genauso unvollkommen waren wie sie. Von diesem Moment an hüteten wir das Geheimnis der Unvollkommenheit gemeinsam vor den jüngeren Jahrgängen, die weiter in dem Glauben gehalten werden mußten, Rembrandt persönlich sei der Rektor der Akademie.

Mein Vater verstand immer besser, was es mit meiner Beschäftigung auf sich hatte. Warte mal, sagte er (ich wartete fünf Jahre), warte mal, ich glaube, jetzt weiß ich. Der Künstler erschreckt uns oft, mit dem Tod, dem Häßlichen, dem Zerfall, bestenfalls mit der Bewegungslosigkeit, dem Stillstand des Lebens, was auch gefährlich ist, weil es in Wirklichkeit nie passiert. Und indem er uns erschreckt, verschafft er uns zugleich Genuß. Wieso? Das ist vielleicht so, als betrachte man einen Vulkanausbruch aus sicherer Entfernung, vom Deck eines Kreuzfahrtdampfers. Die Explosion wird dann etwas, das uns nicht unmittelbar bedroht, etwas, von dem man später seinen Freunden erzählen kann, etwas, das nur aussieht und funkelt, aussieht und funkelt.

8

Eines Tages sprach mich eine meiner neuen Nachbarinnen, eine Frau von sechzig Jahren, die immer Hosen trug, beim Briefkasten an, als ich nachschaute, ob nichts für mich gekommen wäre; sie bat mich, den Müll nicht in Plastiktüten, sondern lose in die Tonnen zu werfen. Das ist in Berlin sogar Vorschrift, sagte sie. Wenn man sich nicht daran hält, werden die Tonnen zu schnell voll. Das ist sehr unangenehm und rächt sich an uns allen, auch an Ihnen.

»Woher wissen Sie«, fragte ich, »daß ich den Müll nicht lose wegwerfe, sondern ganze Plastiktüten in die Tonnen stecke?«

Ich wußte, um ehrlich zu sein, im Augenblick gar nicht, wie ich mit dem Müll verfuhr.

»Ich sehe das«, sagte sie, »ich sehe diese Dinge.«

Von da an spürte ich immer, wenn ich auf den Hof ging, daß die Blicke der Nachbarinnen mir folgten und mein Verhalten kontrollierten. Die Köpfe hinter den Gardinen sah ich nicht, aber ich wußte, daß sie dort lauerten, im warmen und sicheren Versteck, wo die Augäpfel ihren wachsamen Tanz vollführten.

9

Als ich den Österreicher fragte, was in Berlin noch sehenswert sei, empfahl er mir, die kürzlich fertiggestellte Staatsbibliothek zu besichtigen.

Die Bibliothek hatte man gegenüber der Nationalgalerie gebaut, und das schien mir logisch: Der Staat liest die nationale Literatur. Zweihundert Meter entfernt ragte das stattliche moderne Gebäude der Philharmonie empor. Drei Kulturgebäude trafen sich an der Straßenecke wie drei Nachbarinnen, die sich sicherer fühlen, wenn sie dicht beieinander stehen, denn hinter ihren Rücken liegt eine feindselige, unerforschliche, männliche Welt. Hinter den breiten Rücken der drei Gebäude lag auch eine unerforschliche, männliche Welt. Ruinen, verwahrloste Wiesen, unwegsame Alleen, eine glatte Mauer, ein grasbewachsener Hügel, unter dem sich einst der Bunker des Kanzlers befunden haben soll.

Die mit weichen Wandteppichen ausgelegte Bibliothek erinnerte an ein großes Warenhaus, in dessen Regalen Zehntausende von Büchern standen. Es waren nicht allzu viele Leser da, nur eine Handvoll Studenten in Baumwollhemden studierte in nachlässiger Haltung geisteswissenschaftliche Werke. Naturwissenschaften und Mathematik waren in den höheren Etagen vertreten, das schien mir nicht überzeugend, suggerierte es doch, daß die Mathematiker auf dem Wege zum Punkte höchster Konzentration schon weiter und höher waren als die Künstler und Philosophen, während es in Wirklichkeit eher Seilschaften sind, die auf unterschiedlichen Wegen den Gipfel desselben Berges erklimmen, der während der Besteigung zudem immer noch wächst.

Das Gebäude der Bibliothek war so entworfen, daß alle Etagen aus einem Block geschnitten waren, es gab kein von den Bibliotheken und Lesesälen abgetrenntes Treppenhaus; würde ein von Chemiebüchern gelangweilter Leser eine Papiertaube falten und sie abschießen, so würde dieser Drachen nach einigen elliptischen Runden auf dem Flugplatz des geräumigen Schädels eines Philosophiedozenten landen. In der Bibliothek flog indessen eine echte, das heißt reale, blaue Taube umher. Sie blieb in den höheren Etagen, sie interessierte sich nicht für Gedichte und Gemälde.

Ich jedoch befaßte mich gerade mit den Gemälden. Ich fand die kunstgeschichtliche Abteilung, in der man Bildbände und Monographien studieren konnte, ohne Leihscheine auszufüllen; man nahm sie einfach aus dem Regal. Ich setzte mich in einen Sessel und blätterte in einer Monographie über Franz Marc. Dann ging ich dorthin, wo die Zeitschriften auslagen, und zog schließlich in den Lesesaal, in dem sich polnische und osteuropäische Bücher befanden.

Ich schaute mir sorgfältig die Regale des Handapparats an, und mir fiel die riesige Zahl von Verzeichnissen des polnischen Adels auf. Masowischer Adel, galizischer, litauischer Adel. Ein polnisches Wappenbuch. Ergänzungsbände, Supplements. Unzählige Bände. Fürstengeschlechter und Kleinadel. Vielleicht wäre es besser gewesen, dachte ich, der Adel hätte damals die Welt beschrieben, statt sich selbst zu verzeichnen. Später aber, als ich schon im Bus saß und nach Hause fuhr, kam ich zu dem Schluß, nein, das war keine schlechte Idee, sich selbst zu verzeichnen, ganz und gar nicht, nur warum so an der Oberfläche, so wie Pferde, wie Hektare?

10

Es war Sonntag. Ich erwachte mit starken Kopfschmerzen und wußte gleich, daß der ganze Tag verdorben war; ich hatte nicht sehr oft Kopfschmerzen, aber wenn sie einmal ausbrachen, waren sie hartnäckig, erst die nächste Nacht brachte dann Erleichterung. Lange stand ich nicht auf, lag mit geschlossenen Augen, im Schatten des braunen Vorhangs. Vor dem Fenster regnete es, kaum hörbar, so leicht, als fielen Akazienblätter auf den Gehsteig. (Das Pech verfolgt mich, denn auch jetzt, da ich meinen Reisebericht schreibe, habe ich Kopfschmerzen.) Ich schaute auf den Wecker, der in einem großen Nachbarland meiner Heimat produziert worden war, es war sieben nach acht. Erleichtert schloß ich wieder die Augen; Licht tut bekanntlich bei Kopfschmerzen nicht gut.

Mir tat die linke Schädelhälfte weh. Das linke Ohr, das linke Auge, die linken Gehirnsektoren. Die rechte Seite dagegen war in guter Stimmung, wirklich, sie zeigte es nicht offen, weil das Gestöhn von der linken

Seite sie mäßigte, aber davon abgesehen fehlte ihr nicht viel zum Glück. Sie lauschte der sonntäglichen Stille mit Genuß. Als jemand, der zu Hause arbeitet, nicht in der Fabrik oder im Büro, empfinde ich den Unterschied zwischen Wochentag und Sonntag nicht so deutlich wie die, die zur Arbeit fahren. Aber vielleicht dank der Tatsache, daß ich so gut wie nie die Stellung, den Beobachtungsposten wechsle, kann ich die Melodie eines Mittwochs oder Freitags ausgezeichnet von den Stimmen des Sonntags unterscheiden. Sonntags werden die Städte still, sie besänftigen sich. Die Maschinen halten an, die großen Fabriken leeren sich, und selbst jemand wie ich, der abseits arbeitet, ein Zeichner nur, spürt deutlich das Nachlassen der Energie in der näheren und weiteren Umgebung. Normalerweise arbeitete ich gerade vor dem matten, milden Hintergrund sonntäglicher Verschlafenheit sehr gern an meinem langen Tisch, heute aber verbot mir das die linke Gehirnhälfte. Der Schmerz wurde immer unerträglicher. Die rechte Hälfte tröstete ihre Schwester, so gut es ging, wollte sie zu Ausdauer und Härte ermutigen, aber es half so gut wie gar nichts. So stand ich auf und fand, mehr mit dem rechten als mit dem linken Auge, in die Küche, um mir einen Kaffee zu kochen. Kaffee hilft manchmal, er verhindert im letzten Augenblick ein Aufflackern des Schmerzes. Aber nein, ich wußte es schon – mit der rechten Gehirnhälfte –, diesmal wird es nicht gelingen, der ganze Tag wird unter der schweren Decke der Migräne vergehen. Allmählich verlor auch die gesunde Hälfte des Kopfes ihre gute Laune, sie fand sich mit dem Schicksal ab. Ich zog mich an und legte mich aufs Bett. Mit einer schwarzen Wollkrawatte verband ich mir die Augen. Sofort befand ich mich in jenem seltsamen Raum, in dem die Kranken leben; außerhalb der Geschichte, außerhalb des normalen Wochenrhythmus, in einer Tasche am Gehrock der Gesundheit. Die Migränekranken gehören zweifellos zu den leichtesten Fällen in dieser Tasche, aber auch sie levitieren, mit den schweren Diagnosen zusammengeworfen. Ich war gleichsam in den Sonntag des Sonntags, in einen Sonntag hoch zwei geraten, das merkte ich, als die gesunde Hirnhälfte den Kampf aufgegeben hatte. Ich hatte bereits jene Schwelle überschritten, hinter der man sogar einen passiven und wohligen Genuß daran empfindet, endlich im Krankenzimmer zu liegen.

Zumindest war ich frei von den Sorgen und Gewissensbissen, von der Plage meiner normalen, gesunden Tage, der Sorge, heißt das, ob meine Zeichnungen gelungen sind, ob mein Talent noch da ist, ob meine Heimat noch da ist. Die schwere Last der Verantwortung war geräuschlos von mir gefallen. Ich lag in der wollenen Dunkelheit und spürte das Gewebe der Krawatte angenehm auf den Lidern. Ich träumte traumlos, ich sah verschwommene Bilder, farbige Trapeze und Linien, keinerlei scharfe, bewußte Begriffe beunruhigten mich, ich war von ovalen Gegenständen umgeben, wie in einem psychiatrischen Krankenhaus, an nichts konnte ich mich verletzen, stoßen. Aber der Schmerz schmerzt, er peinigte, er bohrte sich in die linke Hälfte des Apfels, sondierte feige das Terrain, versuchte eine bewaffnete Landung auf der anderen Seite, er benahm sich wie ein Wurm, ein Verräter, der doch aus mir geboren, der irgendwo im Chaos der Gehirnwindungen empfangen worden war, ein verlorener Sohn, ein aufsässiger Erzengel, ein Judas. Aber auch ein Freund. Im Kopfschmerz war die gleiche Konzentration, die gleiche verhangene Sammlung, die ich so nötig hatte, wenn ich an meine Arbeit ging, jene Gleichgültigkeit gegenüber allem, das nicht beachtenswert war. Bewegungslosigkeit. Die Migräne ist eine schmerzhafte Inspiration.

Eine Inspiration, die weh tut. Sie ist selbstlos. Scharfsichtig, obwohl sie nach innen gerichtet ist, nicht nach außen. Genial, doch stumm. Fruchtlos. Bedauernswert.

In diesem augenblickslosen Augenblick klingelte grausam und durchdringend das Telefon. Die Berliner Telefone sind überhaupt laut, erst später entdeckte ich an der Unterseite des Apparats einen Drehknopf, mit dem sich die Lautstärke der Klingel regulieren läßt. Das Telefon stand im Flur auf dem Boden, und die Tür zum Schlafzimmer, in dem meine Migräne lag, war nicht geschlossen. Ich hätte den Hörer nicht abheben sollen, aber es war die einzige Möglichkeit, das Telefon zum Schweigen zu bringen. Ohne die schwarze Binde von den Augen zu nehmen, stand ich auf und tastete mich, dem nur allzu deutlichen Signal nach, zum Telefon. Łasica war am Apparat. Sie fragte zunächst ganz unnötig, wie es mir gehe. Furchtbar, schrecklich, antwortete ich wahrheitsgetreu. Sie ging nicht darauf ein und fragte nur, ob ich den Vortrag heute nicht vergessen hätte. Doch, sagte ich, ich weiß von nichts mehr. Ein Vortrag ist das letzte, was mir jetzt noch fehlt. Łasica regte sich auf. Henryk, rief sie, das ist kein normaler Vortrag, du mußt kommen. Du wirst viel versäumen, wenn du deiner Hypochondrie nachgibst. Ich hole dich in zehn Minuten ab und fahre dich zur Galerie. Sie legte den Hörer auf.

Vorsichtig drängte ich mich durch die Menge. Ich setzte mich so, daß die linke Schädelseite vor Lärm geschützt war, ich wandte sie dem sonntäglich sanften Fenster zu. Die schwarze Binde lag mir nicht mehr auf den Lidern, ich hatte sie abnehmen müssen, bevor ich aus dem Haus ging, aber ich schonte meine Augen, ich sah, ohne zu schauen.

Ich sah Żbik, der das erste Mal – und das letzte, zumindest während meines Aufenthalts in Berlin – auf sein Baumwollhemd mit der heidnischen Sonne verzichtet hatte, er trug einen schwarzen, altmodischen Zweireiher, der mit weißen Fäden durchzogen war und nach Mottenkugeln roch, bestimmt hatte er ihn geliehen. Seine Leute, das heißt die Gruppe seiner Freunde und Anhänger, waren ebenfalls sehr elegant gekleidet.

Feiner, warmer Regen nieselte immerfort. Es war elf Uhr vormittags. Man hörte Tauben gurren.

Łasica hatte mir im Auto erzählt, das werde eine seltene Gelegenheit sein, dieser Vortrag, weil es Żbik endlich gelungen sei, den schon betagten, aber immer noch sehr geistesgegenwärtigen Professor der Ästhetik, Loepisch, dazu zu bewegen, einige Reflexionen zum Thema Kunst vorzutragen. Ist die Kunst tot? sollte das Thema sein.

Als ich fragte, ob das wirklich außergewöhnlich genug sei, um deshalb einen Kranken aus dem Haus zu holen, nachdem man ihn dazu gezwungen hat, aufzustehen und die schwarze Binde von den Augen zu nehmen, erwiderte sie, ja, diese Gelegenheit ist solche Qualen wert, es lohnt sich bestimmt, seine männliche Hypochondrie zu überwinden. Wir, sagte sie, sind mindestens einmal im Monat krank, vielleicht können wir deshalb Schmerzen besser ertragen. Wir und ihr, und dabei saßen nur zwei Personen im Auto; mehr Fürwörter als Menschen.

Mein rechtes Ohr registrierte das übliche Rauschen der Gespräche, das plötzlich verstummte. Mir fehlte die Kraft, mich umzudrehen, ein etwas übertriebener, nicht ganz ernstgemeinter Beifall sagte mir, daß der Professor nahte. Er war klein und stämmig, ein gedrungener Kahn. Er hatte den breiten Mund eines Redners. Die halb grauen, halb gelben Haare waren nach hinten gekämmt. Er schien mir ein energerischer Mann zu sein, dem das Alter noch nichts hatte anhaben können. Von Łasica wußte ich, daß er während der Herrschaft

Adolf Sch.'s in den Vereinigten Staaten gewesen war. Eine große Karriere hatte er dort nicht gemacht, gehörte aber zu den anerkannten Spezialisten, den Interpreten der modernen Kunst; er hatte an der Boston University gelehrt. Nach Berlin war er erst Mitte der fünfziger Jahre gekommen. Einige Patrioten nahmen ihm übel, daß er gerade damals, als Deutschland von der Geschichte so schwer geprüft wurde, nicht im Lande gewesen war. Auch bei der jüngeren Künstler- und Kritikergeneration war er nicht beliebt, weil er viele herrschende Meinungen nicht teilte und oftmals gerade die modischsten und populärsten Künstler angriff. Eine Zeitlang hatte man ihn sogar an der Universität boykottiert. Seine Vorlesungen wurden von Pfeifkonzerten unterbrochen, es kam zu bösartigen Demonstrationen gegen ihn. In den letzten Jahren jedoch hatte sich seine Situation entschieden gebessert, jetzt drohte ihm eher eine zu umfassende Anerkennung als ihr Fehlen.

Seine Stimme klang ganz jung, in seinem Deutsch spürte man etwas leicht Fremdartiges. Die Jahre, in denen er Englisch oder Amerikanisch gesprochen hatte, machten sich bemerkbar. Sollten die Patrioten doch nicht ganz unrecht haben? Jedenfalls verstand ich dadurch den Vortrag ausgezeichnet. Genauer gesagt, ich hätte ihn verstanden, wenn ich ihm aufmerksam hätte folgen können. Ich bedeckte die Augen mit den Händen und kehrte zu meiner Migräne zurück, die mir so treu zur Seite stand. Ich beneidete den Redner und die Zuhörer darum, daß sie gesund waren, kaum zu glauben, dachte ich, daß man gesund sein, einen leichten, durchsichtigen Kopf haben kann, der Eindrücke, Bilder und Laute freudig aufnimmt.

Plötzlich geschah etwas, das mir nicht gleich auffiel, weil ich in die Leiden der linken Schädelhälfte vertieft war. Ich glaube, es war so: Żbik, der rechts von Loepisch saß, in der ersten Reihe, kerzengerade wie ein schöntuender Primus, stand auf und ging ans Fenster. Das tat er so geschickt, daß der Vortragende es nicht bemerkte. Er benahm sich wie jemand, der nicht anwesend war, oder der hinausging, um auszutreten, anzurufen oder eine Zigarette zu rauchen. Am Fenster gab er jemandem mit der Hand ein Zeichen und kehrte gleich darauf auf seinen Platz zurück. Kurz danach ertönte ein munterer Militärmarsch, dicht an meinem rechten Ohr. Ein Blasorchester spielte, durchdringend laut, gesund, vulgär und sonntäglich. Jetzt erst sah ich draußen Musikanten in Tiroler Lederhosen, die von einem Mann dirigiert wurden, der, von oben unsichtbar, unter der Kuppel eines schwarzen Regenschirms steckte. Ein Junge von zehn Jahren in den gleichen Lederhosen, nur entsprechend kleineren, hielt den Schirm. Den Arm hatte er ausgestreckt, er mußte auf Zehenspitzen stehen, um den Schirm hoch genug zu halten. Die Orchestermitglieder, in Dreierreihen aufgestellt, ließen sich geduldig durchnässen. Das Orchester stand auf einem rechteckigen Betonplateau und hatte kein anderes Publikum als uns, die wir in Klubsesseln saßen und der jetzt unhörbaren Stimme des Professors lauschten. Einige wenige Passanten blieben einen Moment stehen, aber niemand verweilte länger, wenn man von einem vielleicht fünfjährigen rothaarigen Mädchen absieht, das den unter dem Schirm verborgenen Dirigenten anstarrte. Das rothaarige Mädchen leckte an einem Eis, es fürchtete den Regen nicht. Sein steifer Zopf bewegte sich im Rhythmus, den der Dirigent angab. Bald darauf aber wurde das kleine Mädchen von einer großen väterlichen Hand, die aus dem Abgrund des Mantelärmels hervorkam, gepackt und mußte weiterziehen.

Mein linkes Ohr litt noch ärger als zuvor, das rechte

aber lauschte der Blechmusik mit einem gewissen Vergnügen, einem treulosen Vergnügen, wenn man an die Pein des Bruderohrs denkt. Der Kopf war zerrissen, ihm drohte ein Bürgerkieg. Seiner rechten Seite kam es sogar vor, als ähnelten einige Fragmente der Musik, die jene Männer in Lederhosen spielten, bestimmten Partien der ersten Symphonie von Gustav Mahler.

Der Professor versuchte, den Vortrag fortzusetzen, aber das war ganz unmöglich, seine Lippen bewegten sich, und das war lächerlich, komisch, grotesk; wenn man der Tätigkeit des Sprechens die Worte und ihre Bedeutung nimmt, wird sie ganz verdächtig organisch, so als sähe man einer Schnecke zu, die an der Aquariumswand entlangkriecht.

Żbik schrie, er werde nach unten gehen und den Dirigenten zum sofortigen Abbruch des unverlangten Konzerts auffordern. Gleich darauf kam er zurück und breitete ratlos die Arme aus. Leider nichts zu machen, Herr Professor, schrie er, das Konzert ist schon seit drei Monaten von Senator B. geplant, das Orchester kann sein Spiel nicht unterbrechen, das wäre nicht im Einklang mit dem Harmonogramm. Die Polizei sei informiert, die Feuerwehr hätte auch keinerlei Einwände. Unterdessen liefen Freiwillige in bester Absicht durch den Saal und suchten nach irgendeiner Lösung. Einige kletterten auf Tische und Stühle, um die Fenster fester zu schließen, es half nichts, jemand rief den Senator B. an, der war natürlich weder zu Hause noch irgendwo sonst, er war einfach verschwunden, sonntags lösen die Senatoren sich in Luft auf. Ein älterer Herr, der Musiklehrer, mit dem ich mich neulich unterhalten hatte, verzog sich an das bescheidene kalte Buffet und öffnete eine Flasche Weißwein. Łasica lächelte ironisch, Żbik gestikulierte, brach dann aber in Lachen aus und verhehlte seine Heiterkeit nicht mehr. Der Professor sprach noch, seine Lippen bewegten sich, einige Zuhörer griffen nach der Zeitung und studierten die Sonntagsanzeigen, allmählich gewann das Gelächter die Oberhand, Żbiks Leute fielen in sein Lachen ein; das Orchester spielte eine Polka, ich versuchte erfolglos, das kranke Ohr zu schützen, der Musiklehrer schenkte sich das zweite Glas ein, der Junge, der dem Dirigenten den Regenschirm über den Kopf hielt, trat von einem Bein aufs andere, das Gelächter wurde immer lauter, Żbiks Anhänger waren in der Überzahl, sie gaben den Ton an, und er selbst, der Chef, legte jetzt die schwarze Jacke ab, zog das Hemd aus, und die orangene Baumwollsonne erstrahlte auf seiner Brust; das Orchester war mit der Polka fertig und legte einen ungewöhnlich schnellen Galopp ein, als wollte es Schritt halten mit den Ereignissen im ersten Stock, ein paar junge Leute begannen zu tanzen, Żbik stieß den Stuhl weg, auf dem er gesessen hatte, hob die Arme und wiegte sich im Rhythmus, Łasica blieb sitzen, aber ihr Kopf tanzte auch, ich hielt mir mit beiden Händen die Ohren zu, über Professor Loepischs Wange lief eine vereinzelte Träne.

11

In der Innenstadt überwogen die Platanen, in den halb ländlichen Außenbezirken wuchsen alte Kastanien und Ahornbäume. Ich mochte die Platanen mit ihrer rissigen Rinde. Vielleicht leiden sie an einer Art von leichterem Scharlach, dachte ich, und deshalb ist ihre Haut nicht glatt, sondern von blaßgrünen Narben bedeckt. In den abgelegenen Bezirken spielten Bäume und Gebäude manchmal geheimnisvoll zusammen, ich erinnere mich zum Beispiel an eine Vorkriegssiedlung von Einfamilienhäusern, in deren Umgebung Ahornbäume mit dunkelroten Blättern wuchsen. Die Backsteine der Häuser waren durch ihre Farbe dem Laub der Ahornbäume täuschend ähnlich, eine tiefe Verwandtschaft existierte zwischen ihnen, eine wortlose Freundschaft.

Im Zentrum, genauer gesagt in seiner Nähe, im Tiergarten – dieses Viertel mit seinen Wiesen und freien Flächen erinnerte mich an die Glatze auf dem Scheitel der großen Stadt –, stieß ich einmal zufällig auf das Gebäude der ehemaligen italienischen Botschaft, ein riesiges, auf Pantheon gemachtes Bauwerk, das von zertrümmerten Säulen umstanden war. Auf dem grasbewachsenen Hof der ehemaligen Botschaft weidete ungestört eine Ziege. Ich ging hinein, in der weiten Halle nahm ich untrüglich den schwindenden Geruch von Paradeuniformen wahr, die römische Wölfin säugte ihre hungrigen Wolfsjungen; hier hatten sich Diktatoren getroffen, die so phantasielos waren, daß sie die Pantheons der Vergangenheit kopieren mußten, um sich die eigene Zukunft ausmalen zu können. Jetzt befand sich in diesem kolossalen Gebäude, bescheiden in einem seiner Flügel, das italienische Konsulat. Ein Konsulatsbeamter ging an mir vorbei und pfiff »Eleanor Rigby«.

12

Ich zeichnete viel in Berlin. Ich stellte den Wecker auf sieben Uhr früh, stand vor acht auf, trank einen starken Kaffee, hörte die Radionachrichten, die fast immer bedrückend waren, manchmal versuchte ich, Gymnastik zu machen, aber das kam mir komisch vor, und ich gab es gewöhnlich nach einigen Bewegungen auf, meine Gesundheit zu stählen. Ab und zu hörte ich Musik. Es gelang mir, den Plattenspieler in Gang zu bringen, der in der Radiotruhe aus den fünfziger Jahren untergebracht war, ich kaufte mir einige Platten mit der Musik meiner Meister; das half mir, die barbarischen Traumgegenden zu verlassen und zur tags zuvor unterbrochenen Arbeit zurückzukehren. Der Traum zerstört die Gefilde der Phantasie, denn er ist selbst ein großer Künstler und erträgt keine Konkurrenz.

Auch die weißen Papier- und Bristolbögen schliefen nachts, sie waren morgens müde und weißer als gewöhnlich, sie wollten weder Buchstaben noch Striche annehmen, lagen flach wie ein Laken auf dem Tisch und schauten an die Zimmerecke, nicht auf mich. Ich hatte keine Angst vor ihnen, oft aber stand ich in plötzlicher Unlust auf, trat ans Fenster und betrachtete die Häuser an der gegenüberliegenden Straßenseite, Tauben, die auf dem Fensterbrett rutschten, und Frauenarme, die saubere Fenster putzten. Die Versuchung, ans Fenster zu gehen, war sehr groß, genauso verlockend wie im Museum, wenn man nach einem Dutzend Gemälden plötzlich ein anderes Bild in einem anderen Rahmen entdeckt, eine herausfordernd grüne Pappel, die auf dem Museumshof wächst, und sich wirklich fragt, ob die altersdunklen Ölgemälde die Nachbarschaft der jugendlichen Aura vertragen, die das Laub dieses Baumes ausstrahlt.

So erlebte auch ich beim Anblick der unter mir fließenden Straße so manche schwere Zweifel, ob meine Hieroglyphen auf dem Papier überhaupt etwas bedeuten gegenüber diesem im Morgenlicht glänzenden Leben, gegenüber den windbewegten Bäumen, dem trägen Getummel des Mariengarns, das über den Balkonen der Häuser segelte, gegenüber den alten Frauen, die sich halblaut, aber verständlich über Hausschuhe unterhielten, die immer teurer würden.

Wenn es mir langweilig wurde, die Straße zu beobachten – denn selbst die Fülle des Morgens kann langweilig werden –, ohne daß ich mich schon stark genug gefühlt hätte, mich wieder ans weiße Papier zu setzen, spielte ich am Radio, das gehorsam in dutzend Zungen zu mir sprach. Ohne besonderen Grund hörte ich mir einige Zeit einen Kommentar über die Situation Englands an und schaltete dann kurz eine Jugendfunksendung ein, die der Verschwörung vom 20. Juli 1944 gewidmet war. Und die Fülle dieser Radiowelt verwirrte mich wiederum; wie, fragte ich mich, wie kann ich von meinen Zeichnungen träumen, sie sind doch so bruchstückhaft, so anspruchslos und schematisch dazu, so armselig im Vergleich mit dem Reichtum und der Pracht des ganzen Kosmos, der sich vor mir auf der Straße oder durch die Rundfunkwellen aufplusterte und entwickelte, sich aufplusterte wie ein orientalischer Kaufmann, wenn er den Kunden Ballen von Perserteppichen entrollt. Was konnte ich von meiner Arbeit erwarten, ich wußte wirklich nicht, ob sie die Mühe wert war, wenn ihr Resultat so schwächlich und der Kosmos so weitläufig und ausgefüllt war, so übervoll, daß er über die Ränder trat.

Dann geschah, leider nicht jeden Tag, aber doch sehr häufig, ein Wunder. Ich schaltete das Radio aus, machte das Fenster zu, ging an den Tisch zurück und wußte plötzlich wieder, daß ich in meiner Armut reich und die Radiosprecher mit ihrem Reichtum arm waren, denn mein Strich, wenn er mir manchmal gelang, wenn er deutlich und undeutlich, elastisch und hart, dünn und kräftig zugleich war, mein Strich war ich, er wurde Beweis meines Daseins, kurzfristige, doch absolute Sicherheit der Geste. Das Papier wurde nachgiebig, als wüßte es von meinem inneren Wandel, es gehorchte mir bedingungslos, es entschuldigte sich nachgerade für die kürzliche, kurze Meuterei, sein dünner Leib war mir erwartungsvoll zu Willen. Gleichgültig war mir dann die tyrannische Welt mit ihrem Imperialismus der Eindrücke, die unglaublich verschwenderisch über den ganzen Kosmos verstreut waren, in Neuseeland und in China, in New York und Zebrzydowice, Abertausende von Signalen, Blätter in Millionen wogender Baumkronen, alte Frauen in Hongkong, die vielleicht auch über die steigenden Preise von Hausschuhen plauderten, Negerinnen in Boston, die Melonen auf dem Gemüsemarkt betasteten, gleichgültig waren mir die Zärtlichkeiten eines Liebespaares auf Taiwan und der Pfiff der Drossel in Portugal. Ich zog mein kitzliges Interesse zurück und holte es wieder zu mir, rief es herbei, um das Vergrößerungsglas meiner selbst zu werden. Und auch ihr Vergrößerungsglas. Denn ich sah jetzt ganz deutlich, daß diese reiche Welt mich, meinen Strich braucht, um A zu sagen, so wie ein Kind mit Angina den Löffel des Laryngologen braucht, um trotz stillgelegter Zunge ein lautes A herauszubringen. Er erstickte an seinen vielen Schätzen, dieser Geizhals, dieser scheinbar so unabhängige und hochmütige Krösus, der in hundert Zungen redete und prächtige Gewänder trug. Zu wohlhabend war er, der Arme, stumm vor lauter Fülle, er brauchte eiligst meine Armut, um seinen Reichtum zur Sprache zu bringen, und ich, dienstfertig wie der Kanzleischreiber eines Magnaten, machte mich an die Arbeit, denn sein Auftrag kam mir nur zu gelegen, dieser Vertrag mit fristlosem Kündigungsrecht, den wir von Zeit zu Zeit abschlossen.

Ich zeichnete. Das dauerte. Mehr kann ich dazu nicht sagen. Aber danach zog es sich langsam zurück, es ging weg, zerstreute sich. Die ersten Viertelstunden nach seinem Verschwinden waren unerträglich, kaum auszuhalten. Ich ging in die Küche und schnitt Zwiebeln und

Tomaten, ich stellte Wasser für Kartoffeln oder Makkaroni auf, schaltete das Radio ein, und die Liebenden aus Taiwan, die portugiesische Drossel, die Negerinnen aus Boston, die Verschwörer des 20. Juli kamen zu mir zurück, ich war beunruhigt, so wie in Träumen, in denen wir uns auf der Straße oder im Foyer einer großen Oper nackt ausziehen. Dann war ich wehrlos, den Gegenständen auf Gnade oder Ungnade ausgeliefert, abhängig von den Launen der elektrischen Küchengeräte und des Messers zum Tomatenschneiden. Ich sah in den Spiegel, betrachtete mein Gesicht, rupfte mir ein überflüssiges Wangenhaar aus, schaute am Wandkalender nach, welches Datum war, griff nach der Zeitung, las die Unfallmeldungen und Nachrichten über Selbstmorde und Banküberfälle, und wieder kam das da zurück, diese ganze dicke, reiche – nein, ich sage nicht Welt, das könnte diesem Monstrum so gefallen.

13

Das habe ich zu glatt erzählt. Ganz so glatt ist es nicht. Das Ergebnis ist manchmal glatt, aber nie der Pfad, der zu ihm führt. Auf dem Pfad, unterwegs, gibt es Unterbrechungen, Löcher, die ich verschwiegen habe, weil sie sich nicht beschreiben lassen. Das Suchen hat mit dem Finden nichts gemein. Wenn ich einen Gegenstand, den ich brauche, verlegt habe und eine Stunde suche, so dauert das Verlangen nach ihm länger als die Suche. Ich habe auch nichts von der Verwandtschaft zwischen Furcht und Freude erzählt, von ihren Spielen, davon, wie sie Händchen halten, bis eines von ihnen verschwindet und das andere alleinbleibt. Eine fertige Zeichnung ist glatt. Wozu vom rauhen Suchen reden, von den freudlosen Augenblicken? Nur deshalb, weil es sie gibt?

14

Professor Loepisch traf ich zufällig am Mittwoch nach dem verregneten Sonntag. Mein Kopf war bereits völlig geheilt, er hatte die Ereignisse vom Sonntag notiert als etwas, das man besser vergaß, nur das rothaarige Mädchen, dessen kurzer Zopf auf die Gesten des Dirigenten reagiert hatte, war mir als sympathischer Nebenrollenstar in Erinnerung geblieben. Professor Loepisch stand vor dem Schaufenster eines Jagdgerätegeschäfts, und sein Gesicht spiegelte sich in der frischgeputzten Scheibe, hinter der Doppelbüchsen, Stutzen und Lederbeutel ausgestellt waren. Ich ging an ihm vorbei, stehenzubleiben hatte ich keinen Grund, dann aber, zehn Schritte weiter, fiel mir ein, daß ein Gespräch mit dem Professor interessant sein könnte. Einen Augenblick sah ich unschlüssig zu ihm hin und wußte nicht, ob ich weitergehen oder den Professor ansprechen sollte, schließlich ging ich auf ihn zu und stellte mich vor.

»Ich war am Sonntag bei diesem Vorfall«, sagte ich. »Was man dort gemacht hat, gefiel mir nicht, aber was sollte ich tun, ich bin Ausländer, mein Deutsch ist weit davon entfernt, perfekt zu sein, und außerdem war die linke Hälfte meines Kopfes von einer Migräne völlig gelähmt.«

Der Professor winkte ab. »Nicht der Rede wert, so etwas passiert mir nicht das erste Mal. Wenn es mir leid tat, so nur deshalb, weil ich die Einladung in die Galerie eigentlich als Versöhnungsgeste verstanden hatte. Ich war im ersten Augenblick unangenehm überrascht. Meine Frau saß in der letzten Reihe, sie war natürlich gegen diese Masse völlig hilflos. Sie will sogar eine Träne auf meinem Gesicht gesehen haben. Das kann ich kaum glauben. Tränen an solche Leute verschwenden?

Haben Sie vielleicht auch eine Träne auf meinem Gesicht gesehen?«

»Nein«, log ich. Ich traute mich nicht, die Wahrheit zu sagen.

Der Professor sah auf die Uhr. »Eins«, sagte er, »darf ich Sie zum Mittagessen einladen?«

Wir gingen in das erstbeste kleine Restaurant, das sich als echt italienisches anpries.

»Sie sind also aus Polen.«

Der Professor fragte mich, ob ich vielleicht seine Freunde in Warschau kenne. Ich kannte sie nicht.

»Ist die Kunst tot?« fragte ich. »Sie hatten am Sonntag keine Gelegenheit, sich zu diesem Thema zu äußern.«

»Sehen Sie«, sagte Loepisch, »meines Erachtens ist die Kunst tot. Wissen Sie, die Kunst war so ein anständiges, hübsches Mädel, das den Kopf verloren hat, als plötzlich alle Welt sich für sie interessierte. Es gibt keine Kunst mehr, aber die Künstler sind noch da. Genauso wie es immer noch Grafen gibt, obwohl der Adel schon lang nicht mehr existiert.«

Ich glaubte es nicht. »Ich bin da anderer Meinung«, sagte ich. »Solange Bilder und Gedichte entstehen, gibt es Kunst.«

»Sie müssen das sagen«, erwiderte Loepisch, »Sie verteidigen eben Ihr Handwerk. Und außerdem habe ich bemerkt, daß ihr, die ihr aus dem Osten kommt, im allgemeinen ziemlich naiv seid. Aber ihr verliert diese Naivität auch sehr bald, deshalb beeindruckt mich das nicht weiter.«

»Sie sind recht zynisch, Herr Professor.«

»Aber nicht doch. Ich verstehe nicht, weshalb jemand, der den Mut hat, einen zynischen Sachverhalt beim Namen zu nennen, ein Zyniker sein soll. Die Wissenschaftler haben es da besser. Den Entdecker einer neuen Virusart bezeichnet niemand als Virus. Oder irre ich mich?

Aber ich will versuchen, Ihnen das genauer zu erklären. Ich glaube, es geht im Leben der menschlichen Gemeinschaft darum, die Unendlichkeit zu rhythmisieren. Erschrecken Sie nicht, ich erkläre Ihnen gleich, was ich meine. In der Luft, die wir atmen, ballen sich Dämonen und Götter, Halbdämonen und Halbgötter, die Schatten des Todes, Fragen ohne Antwort, dieser ganze kosmische Überfluß, verstehen Sie? All das, was in der Dämmerung auftaucht, sein häßliches Haupt erhebt. Und die einzige Rettung für den Menschen ist, einer Antwort auf diese Fragen auszuweichen, denn die Wahrheit werden wir ohnehin nie erfahren. Die beste Lösung ist in diesem Falle ein System von Ritualen, die die Dämonen bändigen. Die Katholiken, sehen Sie, die meistern das ausgezeichnet, viel besser als die Protestanten, die die Geheimnisse des Innenlebens ganz unnötig, auf eine sehr überspannte Weise, hervorholen. Wir Deutsche neigen überhaupt sehr dazu. Wissen Sie, ich selbst bin bis heute Protestant, genauso wie ich immer Deutscher geblieben bin, aber im Grunde habe ich etwas gegen diese Überspanntheit, man muß die Unendlichkeit rhythmisieren, so wie die Italiener das können, dadurch bekommt man Kopf und Hände frei und kann sie für nüchternere, praktischere Zwecke gebrauchen. Aber die Kunst trägt natürlich im allgemeinen nicht zu dieser Rhythmisierung bei, gewiß, manchmal gibt es heitere und rhythmisierende Künstler, die meisten von ihnen aber sind mißmutige Dämonenbeschwörer, die den normalen Menschen um sein ruhiges, relativ qualfreies Leben beneiden und von Haus zu Haus ziehen, uns mit dem Tod, mit dem Abgrund zu schrecken, ganz unnützerweise, nicht wahr, denn die von uns, die wissen, zucken nur mit den Achseln, die aber, die nicht wissen, wollen auch weiterhin nichts wissen, und bei Einbruch der Dämmerung werden sie weiter die Tagesschau anschauen, und das ist ihre Rettung. Sie sehen also, von meinem Standpunkt aus ist es gar nicht so schlimm, daß die Kunst tot ist.«

»Die Kunst ist tot«, sagte ich, »aber die Professoren der Ästhetik leben weiter.«

»Ja, wir werden gebraucht, und sei es nur dazu, um das zu sagen, was ich eben gesagt habe. Jemand muß ja schließlich einen klaren Kopf behalten.«

Der Kellner brachte das Kalbsfleisch in Malaga, das wir bestellt hatten, so daß unser Gespräch verstummte, während wir dieses ausgezeichnete Gericht aßen; Loepisch hatte es enthusiastisch gepriesen, als ich die Speisekarte studierte. Ich ließ mir noch ein Eis kommen, Loepisch trank zum Nachtisch eine Tasse Kaffee und rauchte eine Zigarre. Ich steckte mir eine Gauloise an.

Nach dem Essen versuchte ich, den Professor anzugreifen.

»Im Grunde genommen«, sagte ich, »stehen Sie, wie übrigens alle Professoren der Ästhetik, ratlos vor der Kraft, die in der Kunst steckt und die keineswegs erloschen ist. Denn Sie benutzen notwendig Begriffe, während die Kunst in der Einbildungskraft lebt. Die Phantasie kann nachlassen oder gar absterben, um dann nach einiger Zeit wiederaufzuleben. Der gleiche Prozeß, vom begrifflichen Standpunkt gesehen, könnte als etwas Endgültiges erscheinen. Die Begriffe leben in Büchern wie die Abgeordneten im Parlament, die Wirklichkeit führt ein viel unbequemeres Leben, sie wird vom Regen durchnäßt, sie zittert vor Kälte.«

»Aha, ich verstehe«, lachte Loepisch, »Sie tun sich auch mit diesem neuen Irrationalismus hervor. Sehr gut. Kaum sind Sie aus Ihrem Osten gekommen, kaum haben Sie die neue Atmosphäre geschnuppert, und schon verkünden Sie Ideen, die hier alle Spatzen von den Dächern pfeifen. Das ist nicht fein, Herr Kollege.«

»Sie machen den typischen Fehler des Begriffsdenkers, Sie haben mich gleich logisiert und die Arabeske meiner Bemerkungen geradegebogen, eine Linie aus ihr gemacht.«

Der Professor schmunzelte. Ich sah, daß er nicht antworten wollte.

»Ist Ihnen aufgefallen«, fragte er, »wie sehr diese Leute sich gegenseitig verachten?«

»Wer?«

»Die Künstler. Sie haben es bestimmt bemerkt. Ich verkehre seit Jahren in diesem Milieu und bin immer wieder erstaunt, wie schlecht sie voneinander reden. Ein Maler vom anderen. Haben Sie jemals gehört, daß ein Maler den anderen gelobt hätte? Jeder ist überzeugt, er allein hätte den richtigen Weg gefunden, und was die anderen produzieren, sei nur Abfall. Heute lache ich darüber, aber damals, früher, habe ich dieses Schauspiel mit Grausen betrachtet. Dieses Lächeln, diese herzlich ironischen Bemerkungen auf einer Vernissage. Sie kennen das doch sicher. Aber was soll's, das bestätigt nur meine These, daß die Kunst tot ist und daß deshalb heute jede Gemeinsamkeit, jede Übereinstimmung in bezug auf die grundlegenden Voraussetzungen und Ziele von Kunstfertigkeit fehlt.«

»Ja« gab ich zu, »das ist oft so. Aber darin zeigt sich eher der Kampf von individuellen Persönlichkeiten. Diese gegenseitige Abneigung ist voller Leben, Herr Professor, sie ist nicht tot. Man kann das Element des Kampfes, der Konkurrenz nicht aus der Kunst eliminieren. Andererseits haben Sie recht, denn wer zum Beispiel Landschaften malt, hält allegorische Gemälde für völlig wertlos. Und umgekehrt. Das ist leider so.«

»Wieso leider?« fragte der Professor verwundert. »Es

ist so, weil die Kunst am Ende ist; wir haben es mit einem Phänomen zu tun, das man beschreiben und erforschen sollte, zur Aufregung besteht kein Grund.«
»Sie mögen sie nicht.«
»Natürlich mag ich sie nicht. Und die Künstler können mich auch nicht leiden.«
Er wechselte das Thema.
»Ich habe gehört«, sagte er und legte die Zigarre einen Augenblick ab, »daß man sich bei euch am meisten für die Wiedergewinnung der politischen Freiheiten engagiert. Die tüchtigsten Menschen begeistern sich dafür. Die Begabtesten. Und sogar die Kunst trägt auf ihre Weise zu diesen Bestrebungen bei. Das ist ganz aufregend interessant. Ja wirklich, ich beneide euch oft um eure Energie und eure lauteren Absichten. Das hat etwas Ergreifendes, wissen Sie. Aber man muß da vorsichtig sein. Denn solltet ihr eure Ziele wirklich einmal erreichen, so würdet ihr zunächst eine herbe Enttäuschung erleben. Schauen Sie sich um« – seine kräftige, kurzfingrige Hand machte eine ausladende Bewegung –, »so etwas in der Art werdet ihr haben, nichts weiter.«
Er wies mit dem Arm auf den Restaurantssaal, auf einige über ihre Teller gebeugte Köpfe, auf den Kellner, der in der Küchentür stand und übers ganze Gesicht gähnte. Das große Blatt einer Lokalzeitung, die an der Wand hing, berichtete von der Korruption bekannter Politiker.
»Ich weiß«, sagte ich mit Entschiedenheit, »ich weiß das, wirklich. Sie brauchen mich nicht erst zu überzeugen. Das ist mir völlig klar.«

15

Kaum hatte ich mich von dem Professor getrennt, der sich jovial von mir verabschiedete, im letzten Augenblick noch seine Visitenkarte aus der Brieftasche zog und mich einlud, ihn doch einmal zu besuchen, kaum war seine stämmige Gestalt in dem Taxi verschwunden, das er mit nachlässiger Herrengeste herangewunken hatte, packte mich die Wut. Ich verstand gar nicht, weshalb. Aber muß ich alles verstehen? Ich war nicht zufrieden mit mir, der Professor hatte gesprochen, er hatte doziert und gescherzt, ich hatte die meiste Zeit geschwiegen. Außerdem war mein Deutsch in diesem Gespräch wirklich nicht das beste gewesen, das wußte ich, und es verdoppelte meine Qual. Aber jetzt scheint mir, daß das gar nicht das wichtigste war. Wütend gemacht hatte mich die Tyrannei der Begriffe, der ich fast schutzlos ausgeliefert war, zumal die Begriffe in den Hülsen deutscher Wörter steckten. Meine Wut war aufrichtig und wirklich, es war nicht jene Art Ärger, durch den Ironie hindurchschimmert wie das Sonnenlicht durch die Wolken, diese Wut war böse, sie schmerzte geradezu, bohrte und drängte zur Aktion, zum Kampf, zum Handeln, aber was tun, nicht einmal mit der Faust auf den Tisch hauen konnte ich, oder schreien, da begann ich zu laufen, wie ein Kind, das böse auf seine Eltern ist, ich weiß, aber damals wußte ich nichts, ich rannte nur wie ein Verrückter, ich kannte nicht einmal den Namen der Straße, in der ich war, aber was sollte mir der Name beim Laufen, es war jedenfalls eine Seitenstraße, vielleicht die Pariser, ich weiß es nicht, ich erinnere mich an eine neugotische, häßliche, aber trauliche Kirche mit schlankem Turm, eine Antilope mit grünem Hals, oder war es die Leibniz- oder Mommsenstraße, die roten Ziegel der Kirche, in den Fundamenten liegen vielleicht die Gerippe von Märtyrern, Türkenkinder spielten am Rinnstein, verfolgten ein Schiff in der Pfütze, ein Zwölfmaster in einer Pfütze, eines der Kinder schrie, ich weiß gar nicht, ob vor Freude oder Verzweiflung, es war schließlich nichts Ungewöhnliches geschehen, ich lief so leicht wie ein Geist, stieß niemanden an, tat niemandem etwas zuleide, ich verstreute keine Apfelsinen wie in den Filmkomödien, eines der Türkenkinder, ein Junge mit rußverschmiertem Gesicht, lief eine Weile hinter mir her, wollte mich einholen, ich drehte mich um, da blieb er stehen und verschwand irgendwo in einem Hauseingang, einem jener dunklen Hauseingänge, die auf dunkle Höfe führen, ich mußte an einer Kreuzung anhalten, atmete heftig, mein Lauf hatte niemanden gewundert, das Jogging hatte mir den Weg geebnet, ein Rettungswagen mußte sich den Weg zwischen den Autos der verstopften Fahrbahn bahnen, die Sirene schluchzte hysterisch, der Wagen war rot, denn hier wurden Kranke und Unfallopfer von Feuerwehrwagen transportiert, niemand behelligte mich, niemand wollte meinen Lauf bremsen, sieh einer an, was für eine leichte Flucht, bis das weiße Band der Mauer vor mir auftauchen würde, von irgendwoher duftete es nach frischem Brot, der Geruch verbreitete sich ringsum, genauso wie vor vierhundert Jahren, frisches Brot, das so schnell altbacken wird und doch immer gleich ist, wie die Nachtigall im Gebüsch, vielleicht war es eine jener avantgardistischen Bäckereien, in denen Studenten phantastisch natürliches Brot backen, und vielleicht verströmten gerade diese avantgardistischen Bäckereien den mittelalterlichen Geruch, vielleicht gab es hier in der Nähe schmackhafte Schlupfwinkel, Kämmerchen auf den Hinterhöfen, das grüne Unkraut der Kindheit, Apfelbäume vielleicht oder wilde Kirschen, vielleicht verbargen sich hier scharfe

Gräser zum Greifen nahe, ich glaube, es war die Leibnizstraße, solche Gedanken kommen einem nur in Leibniz' Straße, eine Sekunde lang betrachtete ich einen zwanzigjährigen Jungen in zerrissenen Jeans, er lehnte an einem Laternenpfahl, seine geröteten Augen blickten ins Leere, ein Greis, der jünger war als ich, einer jener armen, sterbenden Drogensüchtigen, die man in öffentlichen Toiletten findet, täglich stirbt mindestens einer von ihnen in dieser Stadt, wir waren uns nah und doch versunken in verschiedenen Epochen, mein kleiner Bruder, dachte ich rührselig, dieser Greis in zerrissenen Jeans hätte ja beinah mein Sohn sein können, welche Paradiese mochte ihm das weiße Pulver eröffnen, welche Gemächer, was für Gärten, welche Sonnen mochten in seiner zerrissenen Phantasie scheinen, welches Glück, von dem er niemandem, absolut niemandem erzählen konnte, dieser Künstler ohne Publikum, Hedonist ohne Nachwelt, dieser Jäger der Konzentration, mein Vetter, mein Gefährte, wie gut wissen wir beide, daß es keine kostbarere Beute gibt als einen Augenblick wirklicher, vollständiger Sammlung, er war glücklicher als ich, ganz gewiß, denn er verließ die Jagdgefilde so gut wie nie, immer in den tiefen Wäldern der Phantasie, er war diskreter als ich, er vertraute sich niemandem an, er brauchte die Eindrücke der anderen nicht, der Eindruck der anderen scherte ihn überhaupt nicht, er war unabhängig von der Stimme der Kritik, las keine Rezensionen der eigenen Visionen, dieser freie Künstler, arme Jäger, was für ein Fall, vom Himmel der Erleuchtung in die öffentliche Toilette, ein Ikarus, der von der Toilettenfrau gefunden wird, Überdosis, übermäßiges Verlangen, Übermut ließen ihn die weiße Portion vergrößern, der Extremismus hatte seinen hochmütigen Flug beendet, was für ein Kontrast zwischen den freudigen Visionen und dem kläglichen Futteral der zerrissenen Hose, den furchtsam zitternden Händen, nie je hatte sich eine Seele so trotzig vom Leib losgerissen, niemals den Ballast des Leibes siegestrunkener verschmäht, kein Heiliger kam ihm gleich, kein Märtyrer, wenn man seine Gedanken nur erraten könnte, die Farben der Bilder, die sich in seinem Kopf drängen, den Fetzen nur eines Bildes erhalten, eine halbe Vision retten, aber er würde das sicher nicht wollen, was scheren ihn fremde Blicke, er schaut sich selbst an, was kümmert ihn die kühle Öffentlichkeit und die leblose Nachwelt, er ist so mit sich selbst beschäftigt, und sein Kopf wirbelt und wirbelt; man sah diese armen Jungen am Bahnhof Zoo, unterwürfig in Begleitung von Männern, die älter waren als sie und dunkle Brillen trugen, eleganten Geschäftsleuten, Dealern, den Großhändlern des weißen Pulvers, die nach Einzelhändlern suchten und sich diese Jungen mit den zitternden Händen nahmen, diese Jungen, denen gerade der erste Flaum auf den Lippen stand, sie brauchten Geld für das weiße Pulver, und die Dealer stellten sie an, obwohl sie nicht die beste Reklame für diese Ware waren, gerötete Augen und zitternde Hände konnten niemanden von den Vorzügen des Pulvers überzeugen, das innere Glück war schließlich nicht zu sehen, die Visionen blieben im Verborgenen, sie waren also nicht die idealen Verkäufer, Kundenwerber, wahrscheinlich wirkten sie unter den schon halb Bekehrten, zu den Heiden schickte man sie nicht, andere Missionare zogen zu den Heiden, vielleicht diese älteren, eleganteren, etwas zu eleganten Herren hinter dunklen Brillengläsern, vielleicht waren sie die Missionare, vielleicht riskierte noch jemand anders solche Treffen mit den Heiden, die keine Ahnung davon hatten, welch wilde, ungewöhnliche Intensität das weiße Pulver bietet, welche Synthese es birgt, welche Vereinigungsmöglichkeiten bisheriger Erfahrungen, die Heiden waren mißtrauisch, sie urteilten nach zufälligen, äußeren Merkmalen, ihnen genügten die zitternden Hände und die Körper in öffentlichen Toiletten, sie verstanden nichts, keine Erfahrung gibt es umsonst, das Wichtigste bleibt im Verborgenen, diese Kunstfertigkeit ist unsichtbar, diese Konzentration ist dem Blick der Laien unzugänglich; ich lief weiter, ließ den reglosen Jungen hinter mir, dessen Stirn den gußeisernen Laternenpfahl berührte, die Platanen trösteten mich, junge Platanen mit unschuldigen, blaßgrünen Flecken auf den noch schlanken Stämmen, aber den reglosen Jungen, meinen Nächsten, konnten sie nicht trösten, ich ließ ihn zurück, werde ihn vielleicht vergessen, eine statistische Ziffer aus ihm machen können, damit mich seine Reglosigkeit, seine Stirn nicht mehr schmerzt. Ich war jetzt unter einer Eisenbahnbrücke, die eisernen Jochs und Träger waren mit einer dicken Schicht Taubendreck bedeckt, vielleicht war ich in der Nähe des Savignyplatzes; die Gestalt eines amerikanischen Soldaten in prächtiger Uniform huschte vorbei, zwei Prostituierte unterhielten sich freundlich im Eingang eines Mietshauses, zwei Karyatiden mit männlichen Gesichtern, aber ich glaube nicht, daß es Transvestiten waren, viel Puder auf diesen Gesichtern, Sandalen mit sehr hohen Absätzen, die Beine in gelben, ein bißchen leichenhaften Strumpfhosen verhießen den künftigen Liebhabern viel Vergnügen, die Röckchen kurz wie bei den Papuas, die großen Brüste wie Tauben unter dem Stoff der Bluse, eine der Frauen sah zu mir her und rief etwas, das ich nicht verstand, ihr karminroter Mund beliebte ein paar Worte zu sagen, ich zuckte die Schultern, die Karyatiden brachen in Gelächter aus, gar nicht feindselig, ohne Emotionen, selbst beim Lachen empfinden sie nichts, danach, oder davor, oder gerade in diesem Augenblick kam ich vor das moderne

Gebäude der Börse, ein Bildschirm in einem Betonwürfel zeigte die neuesten Notierungen an, Männer in dunklen Anzügen verließen das Börsengebäude und trugen schwere Aktentaschen, so vorsichtig, als wären in diesen Quadern Bomben versteckt, alle Aktentaschen sahen gleich aus, mit flachen vernickelten Schlössern, darin tickten die Zünder der Bomben, weiter – oder näher – eine Buchhandlung, in der ich einmal zwei Stunden damit verbracht hatte, ganz sonderbare Bücher voller Leidenschaft zu studieren, Broschüren von kämpfenden Frauen, kämpfenden Homosexuellen, kämpfenden Onanisten, homosexuellen Priestern und pädophilieanfälligen Lehrern, Vereinigungen erbitterter Autoren, die immer von irgendeinem Wolf, Geier, Habicht, Masthühnchen, Eichelhäher oder Rebhuhn angeführt waren, werktätige Frauen, nicht werktätige Frauen, Albanienliebhaber, Anhänger Chinas, Verehrer des großen Landes, Lesben, Sadisten, jede Abteilung schuf ihre eigene große Literatur, in Jahrhunderten unverheilte Wunden, Verkrüppelungen, derer sich unglückliche, einsame Menschen geschämt hatten, kamen aus ihren Schlupflöchern und traten ins helle Tageslicht, herausfordernd und triumphierend, mit eigenen Zeitschriften und Parteien, Sünden waren das, Erzsünden, die keine Gewissensbisse und Zweifel mehr kannten, Sünden, die Karriere gemacht hatten und sich jetzt in besserer Gesellschaft befanden, die sogar eine eigene Literatur wollten und sie endlich bekommen hatten, satte Sünden, die mich nicht im geringsten interessierten, lieber dachte ich zärtlich an die einsamen Invaliden von früher, die noch nicht wußten, daß man aus ihrem Fluch eine Partei formen, daß man sich der eigenen Schwäche brüsten, sich mit den Kumpeln in ausgewählten Kneipen treffen und dort die Hymne der kämpfenden Onanisten oder der kämpfenden Frauen singen konnte, besser fühlte ich mich im Dahlemer Museum, wo ein Japaner monatelang damit beschäftigt war, ein Bild von Dürer zu kopieren, in der Buchhandlung waltete eine andere Strömung, eine andere Energie, so etwas sah ich zum ersten Mal, hier bereitete sich irgendeine große Rebellion vor, die Männer, die aus dem Börsengebäude kamen, wußten noch nichts davon, die Priester in den Beichtstühlen ahnten noch nichts, vielleicht wollten sie lieber nichts wissen, vielleicht war ihnen klar, daß in dieser unscheinbaren Buchhandlung die Sünden eine Nacht- und Nebelaktion planten, einen Reichstagsbrand, Sonderstände waren dem Faschismus gewidmet, wie ein toter Löwe zog der Faschismus jetzt Schaulustige an, nun konnte man die tote Bestie von nahem betrachten, die dichte Menge umringte den Kadaver, faßte des Löwen glanzlose Mähne an, steckte ihm die Finger in die Nüstern, untersuchte die Hauer, wo wart ihr, Freunde, als der Löwe die Schafe zerriß, wir waren noch nicht auf der Welt, höre ich die Freunde antworten, aber weshalb wiederholt ihr dann die alten Fehler, weshalb seid ihr so einfallslos, weshalb verehrt ihr schon wieder neue Löwen, am leichtesten fällt der Verzicht auf das, was man nicht hat, das heißt auf Individualität, immer in Abteilungen, immer in Parteien, immer in Strömungen, wie die Lachse, die im Fluß des Hl. Laurentius schwimmen, immer wissen sie es besser, immer in Begleitung tausender Wölfe, Geier, Masthähnchen und Eichelhäher, immer in Angst vor der Einsamkeit, immer lachen sie über die, die nicht in ihrer Armee aufgehen und andere Hemden tragen, immer in Schwalben- und Spatzenschwärmen, in Fuchs- und Dachsrotten, immer Flügel an Flügel, Pfote an Pfote, Klau in Klaue, Ellbogen in Ellbogen, Knie an Knie, Gefieder in Gefieder, immer irren sie sich und bereuen es dann, sie irren sich in ganzen Parteien und bereuen es einzeln, nur das weiße Pulver kann sie trennen, aber das nehmen andere; in einem verlassenen Laden, in derselben Straße, in der auch die Buchhandlung der Sünden sich befand, veranstaltete eine Gruppe von Koreanern einen Hungerstreik, Südkoreaner, zwei Hungernde langweilten sich offenbar gewaltig, sie saßen auf einer Bank vor dem Laden, in dem nichts mehr verkauft wurde und beobachteten die Passanten. Ihre Füße in braunen Sandalen wippten sanft über dem Bürgersteig, ich hoffte nur, daß sie nicht sehr geschwächt wären, auf einem weißen Transparent war die Parole des Hungerstreiks zu lesen, in zwei Alphabeten und zwei Sprachen, ich las sie nicht, hundert Meter weiter, hätte ich nur gewußt, wie die Straße hieß, hundert Meter weiter kam Musik aus dem geöffneten Fenster einer Wohnung im ersten Stock, bekannt und doch nicht bekannt, schön, und wie immer mit einer wundersamen Anziehungskraft, die dienstfertig die platonische Leiter reichte, alles andere scheint gleich bedeutungslos und unbeständig, alle Geier und Füchse, ich erkannte die Arie aus einer Kantate von Bach, etwas Ungewöhnliches war in dieser Musik, ein Tenorsaxophon spielte den Part des basso continuo mit tadelloser Präzision, der Saxophonist trat ans Fenster, ein stämmiger junger Mann in hellem Hemd, das von dunkelblauen Elastikhosenträgern gekreuzt war. Er schaute auf die Straße und spielte weiter auf seinem goldenen Instrument, sein Blick traf mich und wanderte gleichgültig über mich hinweg, die Musik ging weiter, plötzlich spürte ich, wie mich jemand anhielt, mich umarmte und rief: »Wohin so eilig, Dünner Strich?«

16

Manchmal machte er lange Spaziergänge in der Stadt, die so abliefen, daß er Stadtplan und Berlinführer zu Hause ließ und in die U-Bahn stieg, um sie an irgendeiner zufälligen Station wieder zu verlassen und sich in einem noch unbekannten Viertel zu verlieren. Das war nicht leicht, das Gehirn hätte die neue Stadt zu gern kennengelernt und klassifiziert, die Extravaganz seines Besitzers, der die Spuren schon bekannter Routen und Verbindungen verwischen wollte, beunruhigte die leitenden Nervenzentren zutiefst. Die neue, noch nicht ganz vertraute Stadt war das Lieblingsschachbrett des Gehirns, auf dem es seine Fähigkeiten übte, sie war ein dichter, dunkler Wald, wie ein Wolf streifte das Gehirn kreuz und quer durch den Wald, bis es Orientierungspunkte in ihm gesetzt hatte, wie etwa eine Lichtung, sprich großen Platz, Waldschneisen, sprich Straßen, hohe Kiefern, sprich Wolkenkratzer, oder Tollkirschensträucher, sprich Buchhandlungen und Zeitungskioske. Der Wunsch des Gehirnbesitzers war nicht leicht zu verwirklichen, denn die Mehrheit der Nervenzellen stand auf Seiten der Anhänger von Ordnung und Orientierung. Henryk stellte erstaunt fest, daß er sich in Richtungen wandte, die er schon gut kannte, statt in fremden Stadtteilen zu kreisen. Selbst wenn es ihm einmal gelang, die wachsamen Verehrer der Klarheit hinters Licht zu führen, konnte er das tiefe Unruhegefühl nicht ganz unterdrücken, mit dem sein Gehirn auf eine Situation reagierte, die sein gutgemeintes Ordnungsbedürfnis bedrohte.

Wenn es ihm zuweilen doch einmal gelang, den Stadtplan zu vergessen, sah er zwischen den Mietshäusern bald etwas Weißes hervorleuchten, ein weißes Band schimmerte da in der Sonne, was ist das für eine

Verzierung, fragte er sich und ging schließlich hin, es war die Mauer durch Berlin, weiß wie ein von Ameisen abgenagter Knochen. Siehst du, verkündete das Gehirn zufrieden, man kann nicht ziellos umherirren, es gibt in der Ebene feste Zeichen, Grenzziehungen, die sich nicht ignorieren lassen.

Eines Tages regnete es, aber er wollte auf seine Wanderung nicht verzichten, diesmal zog er durch ein Einkaufsviertel, er ging sogar in die Warenhäuser und war ein wenig berauscht von den vielen Ständen und Dingen, der riesigen Auswahl glänzender Gegenstände, die in ihrem Überfluß eigentlich nicht für menschliche Wesen, sondern für Geschöpfe mit aufnahmefähigeren Sinnen bestimmt waren. Aus versteckten Lautsprechern drang leise, himmlische, süße Musik, in dieser erotischen Atmosphäre öffneten sich Brieftaschen und Portemonnaies vertrauensselig, die Pupillen weiteten sich, das Herz schlug heftiger – das Gehirn war böse und schwieg wie ein gekränktes Kind.

Er trat ins Freie. Zwischen den Warenhäusern, auf einer nur für Fußgänger bestimmten Straße, machten den Großunternehmen kleine Händler Konkurrenz, die zum Beispiel Messer zum Zwiebelschälen oder Büchsenöffner feilboten. An provisorischen Ständen daneben verkauften junge Leute indische oder pakistanische Erzeugnisse, Baumwollhemden und Blusen, Duftöle, Räucherwerk, Tee, Mate, bunte Kleider, Kupferarmbänder und Medaillons. Ein fahrender Student kopierte mit Kreidefarben ein Gemälde von Holbein, das im hiesigen Museum hängt. Zwanzig Meter weiter, an einer Betonskulptur, die etwas Undarstellbares darstellte, umringte eine Schar von Zuhörern in schartigem Kreis einen jungen Mann, der Flöte spielte. Der Flötist stand zwischen zwei kleinen Lautsprechern, zu seinem rechten Fuß lag ein batteriegetriebener Casettenrecorder. Aus den Lautsprechern ertönte ein Vivaldi-Konzert für Flöte und Orchester, es war eine Aufnahme für Lehrzwecke, nach der Schüler und Amateurmusiker üben konnten, denn es fehlte der Part des Soloinstruments. Im weit geöffneten Futteral der Flöte blitzte ein gutes Dutzend Geldstücke, Regentropfen perlten auf ihnen.

Der Flötist war hochgewachsen, er trug einen schäbigen Mantel, der bis oben zugeknöpft war, das freie Ende des strammgezogenen Gürtels steckte in der linken Tasche. Sein Gesicht unter der Hutkrempe war nicht ganz gesund, bleich und füllig, mit kindlichen Zügen, der aufgeblasene Kopf eines Zehnjährigen. Sein Gesicht zeigte einen leidenden Ausdruck, der Flötist war offensichtlich weder mit dem eigenen Spiel noch mit dem Klang der Lautsprecher zufrieden. Wenn er das Mundstück der Flöte von den Lippen nahm, um das Orchester sein Begleitthema entwickeln zu lassen, murrte er lautlos, doch vielsagend, tippte mit der rechten Schuhspitze gegen einen Lautsprecher, setzte den Fuß auf den Deckel des japanischen Cassettengeräts und zeigte so, mit was für einer erbärmlichen Ausrüstung er auftreten mußte. Aber auch für das eigene Spiel konnte er sich nicht begeistern, er schüttelte ungläubig den Kopf, solche Ausrutscher wie heute waren ihm noch nie passiert, dann stieß er wieder das Tonband und die Lautsprecher an, sie waren schuld, und die Luftfeuchtigkeit, er streckte die Hand aus, um zu sehen, ob es noch regnete, er verzog das Gesicht und gab mit kaum angedeuteter Geste zu verstehen, wie wenig er von den Massen hielt, die durch die enge Straße drängten. Es lag auch an ihm, das leugnete er nicht, er war heute nicht in Bestform, die Not hatte ihn dennoch zum Auftritt gezwungen, er hatte das Rezital nicht abgesagt.

Er gehörte nicht zu jenen Künstlern, die mit sich

zufrieden sind; all jene, die bei Kunst nur an angenehmen Gefühlsdusel, an Seelenkitzel denken, sollten sehen, daß hier gelitten wurde; manchmal läßt sich dieses Leiden zügeln, überwinden, aber heute ist es grausam. All dies signalisierte sein Gesichtsausdruck. Er war einer von jenen linkischen Männern, die Stehlampen und Aschenbecher umwerfen, als Schüler war er bestimmt vom Sport befreit, und er mußte nicht zur Bundeswehr.

Bisweilen gewann sein Spiel an Schwung, ganze Passagen gelangen ihm fehlerfrei; aber danach kamen immer serienweise falsche Töne, wie bei einem Stotterer, dem die Worte ›zwischenzeitliche Zwangsanleihe‹ über die Lippen kommen, dem aber das kurze Wort ›Liebe‹ nicht glücken will.

Das Publikum, das den Flötisten umringte, war auch kein ganz gewöhnliches; die Masse der Einkaufenden spürte sicher die Nervosität des Musikers, sie ahnte wohl, daß es hier nicht um höchste Qualität ging, und da sie Spitzenqualität gewohnt war, ging sie einfach vorbei, nur einige wenige lösten sich aus der Menge, die auf der Jagd nach Pullovern, Schuhen und Windjacken war, und dabei wurde eine seltsame Auslese wirksam, denn der nervöse Flötist zog nervöse Menschen an, die nicht ganz gesund, ein bißchen unsicher, schlechter gekleidet und eher häßlich als hübsch waren.

Der Flötist kniete jetzt auf dem Straßenpflaster und wechselte die Cassette. Seine Bewegungen sagten, daß er wütend war auf dieses primitive Gerät, das so heiser klang, und einfach nicht verstand, weshalb er kein richtiges Orchester hinter sich hatte. Orchester von Klasse reisten durch die Welt und konzertierten vor einem manierierten Publikum, warum nicht mit ihm, warum wollten sie lieber manierierte Solisten als ihn, der in geeigneter Umgebung viel mehr bringen könnte, o ja, sehr viel mehr.

In den Pausen, wenn die Flöte schwieg und die zornige Miene des Künstlers um so beredter war, näherten seine bescheidenen Zuhörer sich dem rosaroten Samtfutteral und legten Münzen hinein, sie warfen nicht, sie legten, um keinen plötzlichen Wutausbruch des Musikers zu riskieren, man wußte schließlich nicht, was ihn reizen konnte, oft legten sie recht große Münzen hinein, sogar Fünfmarkstücke, zogen sich dann vorsichtig auf ihren Platz zurück, niemand klatschte Beifall, man spürte, man wußte, daß der Flötist dies nicht wünschte, und als dann ein Mädchen im gelben Südwester doch anfing zu klatschen, zischte der Virtuose wütend durch die Zähne und sagte etwas, das Henryk nicht verstand. Heute wollte der Künstler keinen Applaus, an einem anderen, einem glücklicheren Tag hätte er den Beifall sicher geduldet, heute wünschte er Ruhe, und seine Gemeinde, die kleine Schar treuer Bewunderer, respektierte diesen bizarren Wunsch, gehörte er doch zum Charakter des Auftritts. Seine Verehrer waren bereit, ihre Huldigung zu dämpfen, ihre Zustimmung zum Schlechteren, zur zweiten Qualität, sie schwiegen bereitwillig, da sie sich nun einmal in diesem Kreis gefunden hatten, in dem ihnen wohl war, aus dem sie nichts vertrieb.

Während eines sanften, singenden Andante, das zitterte und schwankte wie ein Brettersteig über einem Gebirgsbach – gleichzeitig knarrte auch der rechte Lautsprecher ganz unerträglich, so als führe ein Motorrad über diesen leichten Steg –, geschah etwas Furchtbares. Hinter der Betonskulptur tauchten plötzlich zwei Männer auf, zwei von der Sorte, die ihren Körper sehr gut, ja viel zu gut beherrschen, so daß sie ihn ständig spielerisch erproben, indem sie aus Spaß hinken, oder sich wie Seeleute in den Hüften wiegen, oder den Kopf zwischen die Schultern ziehen, oder sich mit jedem erstbesten Gegenstand boxen, einem Briefkasten, der Glastür einer Telefonzelle, mit Straßenlaternen und Baumstämmen, mit Freund und Feind. Der eine war wohl über vierzig, er trug einen kurz gestutzten Schnurrbart unter schmaler Nase, der andere war ganz jung, zwanzig vielleicht, sie gingen ruhig, ohne große Eile, beide hatten kurze Lederjacken an, die ihnen Bewegungsfreiheit ließen, die Hände hielten sie in den Taschen, die Ellbogen waren wie Sporen abgespreizt, sie sprachen nicht miteinander, vielleicht hatten sie ihr Vorgehen schon zuvor abgesprochen, oder sie handelten unter dem Einfluß eines Impulses, der sie beide gleichzeitig erreichte, jedenfalls gingen sie direkt vor der Nase, vor der Flöte des Musikers vorbei und zertrampelten gleichsam unabsichtlich, wie aus Versehen, und doch ganz bewußt, mit kalter, böser Wut seine ganze Wirtschaft. Das rosa samtgefütterte Futteral flog in die Luft wie ein abgesprengter Fabrikschornstein, das Cassettengerät gab zunächst einen Laut von sich, der an das Gewinsel eines getretenen Hundes erinnerte, dann verstummte es, einer der Lautsprecher kippte auf das Pflaster und schaute hilflos in den bewölkten Himmel, die beiden verschwanden inzwischen schon in der nächsten Seitenstraße, ohne sich auch nur einmal umzudrehen, ohne das Ausmaß des Schadens abzuschätzen, sie gingen einfach weiter, im gleichen Tempo, die Hände in den Taschen, den Kopf erhoben, die Ellbogen abgespreizt wie Sporen.

Die Zuhörergemeinde war reglos erstarrt. Hier war niemand mit harten Fäusten und starken Armen, und wenn man Musik hört, selbst Musik minderer Qualität, ist man ohnehin in eine Zeit entrückt, die von jener der normalen, musiklosen Welt erster Qualität verschieden ist; bevor also die Freunde des Flötisten aus der musikalischen in die normale Zeit zurückgekehrt waren, verstrichen viele gewöhnliche Sekunden, und man konnte die Ledernacken und Lederellbogen der beiden Zerstörer nur noch aus wachsender Entfernung betrachten. Selbst wenn einer der nicht ganz gesunden Verehrer des Musikers Erfahrung in Schlägereien und entsprechend große Fäuste gehabt hätte, wäre es zu spät zum Eingreifen gewesen, die Wirkung hatte sich von der Ursache gelöst, an eine unmittelbare, zornige Reaktion, an Vergeltung, Rache, Verfolgung war nicht mehr zu denken. Henryk, dessen Finger sich eher dazu eigneten, einen Bleistift oder Füller zu halten, als dazu, eine Boxerfaust zu formen, fühlte sich einerseits als leicht ironischer Beobachter des Geschehens, er gehörte ja nicht zur Gemeinde und war zum Schutze des Pastors nicht berufen, er hatte es nicht eilig zu helfen, er war hier so etwas wie ein Fotograf, der jenseits aller Emotionen stand, er rührte sich nicht von der Stelle. Und doch überlief ihn ein Angstschauder, er empfing die Welle, die von der in den beiden Männern verkörperten Kraft ausging, er war empfänglich dafür, er kannte diese Frequenz. Einige Zuhörer sammelten jetzt die im Umkreis von einigen Metern verstreuten Münzen ein und brachten den verwundeten Cassettenrecorder in Ordnung. Die Geldstücke staken zwischen den Steinwürfeln des Pflasters, einige hatten sich wie Schnecken hinter den Stengeln der Kapuzinerkresse versteckt, die in einem Betonbehälter wuchs. Der Flötist spielte noch einen Augenblick, allein, solo, so als wollte er diesen Anschlag auf die Kunst unbeachtet lassen, dann aber stieß er einen Fluch aus und hörte auf.

17

Dünner Strich wurde ich schon in der Volksschule genannt, weil der bärtige Lehrer damit meine Art zu zeichnen umschrieb; später habe ich dasselbe Epitheton einige Male in pedantischen Rezensionen meiner Ausstellungen entdeckt. Ich brauche wohl nicht hinzuzufügen, daß diese Worte in meiner Muttersprache gesprochen waren, ich weiß nicht einmal, wie sie deutsch lauten würden. Eine männliche Stimme hatte sie gesprochen. Ich befreite mich aus der Umarmung und betrachtete einen Mann mittleren Alters, der mich aufgehalten hatte und mich jetzt mit verständnisvoller Nachsicht ansah.

»Du hast dich kaum verändert«, sagte er, »ich habe dich sofort erkannt. Ich war keinen Augenblick im Zweifel, daß du es bist.«

»Und wer bist du?« fragte ich etwas unhöflich, was sonst eigentlich gegen meine Grundsätze ist.

Ich war wie aus einem Traum gerissen, deshalb hielt ich mich nicht an die Regeln der Höflichkeit. Der Lauf ist wie ein Traum, wie ein Traum. Bilder statt Begriffe. Die Grenzen zwischen den Dingen verschwimmen. Die Eindrücke strömen wie lange Flaggen.

»Der berühmte Dünne Strich erkennt natürlich seine alten Freunde nicht wieder«, sagte der Mann in mittleren Jahren und behielt sein ermunterndes Lächeln auf.

Die ehemaligen Mitschüler, die in angenehmer Anonymität leben, glauben, man wäre schon berühmt, wenn ein Dutzend Rezensionen über einen geschrieben worden sind.

»Ich bin nicht berühmt«, antwortete ich also, »aber ich bin in der Tat der Dünne Strich, also gibst du dich wohl für niemanden aus, der du nicht bist. Aber ich weiß nicht, wer du sein könntest. Hilf mir mal.«

Mein alter Schulkamerad sah mich intensiv an, so eindringlich, als wollte er, daß ihm sein Name leserlich ins Gesicht geschrieben stände. Aber es blieb leer.

»Nach der Dicke deiner Nase zu urteilen«, sagte ich nach einer Weile, »und dem proportionalen Verhältnis zwischen Nase und Mund, dicke Nase, dünne Lippen, könntest du Stefan sein.«

»Richtig«, prustete Stefan befriedigt. »Jetzt kann ich dir ja sagen, daß du ein bißchen gealtert bist. Du dörrst ein wenig aus. Und deine Stimme ist leicht schrill.«

»Und du bist widerlich dick geworden. Das einzige unveränderte Merkmal ist das erwähnte Verhältnis zwischen Nase und Mund, und daran habe ich dich auch erkannt.«

Jetzt lachte auch ich, denn dieser Ausbruch von Aggression gegen jemanden, den ich so viele Jahre nicht gesehen hatte, kam mir doch komisch vor.

»Was machst du eigentlich so, sag mal?« fragte ich einlenkend.

»Ich lebe, Henryk«, sagte Stefan, »ich lebe einfach. Ich bin kein berühmter Künstler, das einzige, was solche Leute wie ich tun können, ist leben.«

Ich verstand, daß er zum Geldverdienen hergekommen war, denn die Mehrheit meiner Bekannten war, ungeachtet aller Unterschiede in der philosophischen und biologischen Definition des Lebens, der Ansicht, leben heiße Geld verdienen und es dann zum Teil wieder ausgeben, um die Annehmlichkeiten zu Tisch, im Bett und im Auto zu mehren.

Mir war klar, daß ich mich ziemlich unfreundlich, hochmütig, ja aristokratisch benahm. Ich führte das darauf zurück, daß ich aus dem Traum, beziehungsweise aus dem Lauf gerissen worden war. Ich wehrte mich verzweifelt gegen die fremde Existenz, die mich da so plump vertraulich ansprach, noch dazu in einer fremden Stadt, in der ich mich völlig sicher gefühlt hatte. Ich wollte allein sein, allein mit den Bildern, die fließend und unwirklich vorüberzogen, mich ärgerte dieser fremde Mensch, an dem nur das Verhältnis zwischen Nase und Mund – wie die weißgetupfte Fliege am Kragen eines Fernsehsprechers – mich an alte Zeiten erinnerte.

»Ich lade dich zu einem Bier ein«, sagte Stefan. »Einem Jugendfreund wirst du das doch nicht ausschlagen.«

Am liebsten hätte ich ihn einfach stehengelassen und wäre weitergelaufen, in den Park, der nicht weit von hier entfernt war. Aber wie jemand, der aus einem sehr ergreifenden Traum gerissen wurde und sich nach den glücksverheißenden Bildern sehnt, weiß, daß er nicht mehr an dieselbe Stelle des Traumes zurückkehren kann, so war auch ich schon nah daran, zu kapitulieren.

Stefan lächelte verschlagen. Er will meine aristokratische Haltung wohl mit Hilfe einiger Gläser Berliner Bier aufweichen, dachte ich. Er meint sicher, unter dem Einfluß des Bieres würde ich ihm verzeihen, daß er zu einem beleibten Mann in mittleren Jahren geworden ist und das Fünkchen Freiheit hat erlöschen lassen, das einst in ihm geglüht hatte, wie in jedem von uns.

Sein Plan ging auf. Nach einer Weile vergab ich ihm fast alles; sein Fünkchen Freiheit ist vielleicht wirklich kleiner geworden, sagte ich mir, aber es blitzt doch bisweilen noch in seinem Blick auf, erscheint in seinem Lächeln. Das Bier machte mich tolerant. Er wurde mir beinahe sympathisch.

»Wir sind beide schon in dem Alter«, sagte ich, und daß ich das Wort ›beide‹ gebrauchte, mich auf diese Weise freundlich mit ihm gleichsetzte, zeugte davon, daß der Schnee meiner Erhabenheit schnell taute – »in dem man als Passagier eines sinkenden Schiffes nicht mehr damit rechnen kann, gerettet zu werden. Frauen und Kinder haben Vortritt. Aber ich denke doch manchmal über diesen Grundsatz nach. Stell dir vor, auf dem Deck eines sinkenden Schiffes, auf dem wie üblich zu wenig Rettungsboote sind, befindet sich auch der fünfzigjährige Albert Einstein. Natürlich schreit er nicht laut, Rettet mein Gehirn, ich bin Einstein, sondern er läßt Frauen mit Säuglingen den Vortritt in die Schaluppen. Aus diesen Kindern werden dann später vielleicht Unteroffiziere der Polizei.«

Stefan stimmte gerührt zu. Ihm war der falsche Ton, der in dieser Anekdote steckte, nicht aufgefallen. Ich hatte diesen Mißton unter der Haut der Erzählung wahrgenommen, so wie man eine Erbse unter dem Bettlaken spürt, auch ohne eine Prinzessin zu sein. Ich hatte gedacht, er würde protestieren, ich hatte es gewollt. Jedes Neugeborene hat doch schließlich eine unendliche und geheimnisvolle Zukunft vor sich, und selbst wenn es Berufsoffizier wird, was macht das schon. Es hätte auch ein Beethoven werden können. In dem Augenblick, da es auf den Planken des Rettungsbootes liegt, sind alle Möglichkeiten offen. Wenn es sieben Jahre alt ist, hört man die Tore der Vorsehung eines nach dem anderen zuschlagen.

Stefan war so gerührt, daß er mir ziemlich ausführlich seine Lebensgeschichte erzählte, und nach dem dritten Bier, das meinem zweiten entsprach, denn ich bewegte mich doch vorsichtiger als er auf dem abschüssigen Boden alkoholischer Eintracht, gestand er, daß er in Wirklichkeit Zygmunt sei, nicht Stefan.

Das wunderte mich gar nicht, im Gegenteil, es freute mich, ich erkannte jetzt den ehemaligen Kollegen zum zweiten Mal wieder.

»Aber natürlich«, rief ich, »wie konnten wir nur annehmen, daß du Stefan seist, da wir doch jetzt mit absoluter Sicherheit Zygmunt in dir sehen. Ich vertraue dir«, fügte ich hinzu, »erst jetzt habe ich uneingeschränktes, grenzenloses Vertrauen zu dir. Ich hoffe, du nimmst es mir nicht übel, daß ich so bereitwillig mit Stefan gesprochen habe, der du gar nicht bist.«

»Nein«, sagte Zygmunt allen Ernstes, »ich verzeihe es dir. Im ersten Moment wolltest du überhaupt nicht mit mir sprechen, nicht wahr, Henryk?«

»Ja«, gab ich zu, »aber du mußt das verstehen, ich lief. Der Lauf ist wie ein Traum. Die Dinge werden zu Bildern. Sie berühren dich nicht, sie fließen nur an dir vorbei, ohne dich zu verletzen. Als du mich angehalten hast, war mir, als wäre ich aus einem ganz tiefen Traum gerissen worden. Das mußt du verstehen und berücksichtigen. Sei tolerant.«

»Du verachtest das Leben, Henryk. Ich lebe eben einfach, weißt du. Du zeichnest, wie immer, so viele Jahre schon. Ich weiß noch, daß du auf der Schule immer hübsch gezeichnet hast. Aber versteh doch, ringsum braust das Leben. Das wahre Leben.«

»Was ist das eigentlich, das Leben?« fragte ich, »Zygmunt, bitte, sag es mir endlich, wenn du es weißt. Ständig höre ich von diesem Leben, jeder beruft sich darauf, aber niemand kann mir sagen, was es eigentlich ist.«

»Sieh mal«, sein Arm, im Ärmel eines billigen Jacketts, schlug einen Bogen, »hier überall ist es, es ergießt sich wie ein Strom.«

Ein ungewöhnlich eleganter Neger, der am Nachbartisch saß und eine Krawatte mit einem Papagei darauf trug, der den Schnabel weit aufgerissen hatte, betrachtete uns aufmerksam. Zwei Berliner tranken Bier und unterhielten sich über japanische Autos. Die gleiche Zeitung, die ich vor einer Stunde noch in dem italienischen Restaurant bestaunt hatte, hing hier an einem Holzstab an der Wand. Die erste Seite war zerrissen.

»Eine Definition per Hinweis kann mir nicht genügen,« sagte ich. »Sei mir nicht böse, Zygmunt, ich muß mehr wissen.«

Darauf erzählte er mir seine Lebensgeschichte noch einmal. Ehe, Scheidung, Haus, Auto. Mir fielen jetzt einige kleine Änderungen auf im Vergleich zu der Lebensgeschichte, die er als Stefan erzählt hatte. Das kleine Mädchen hieß Lucyna, während Stefan eine Tochter namens Ludwika hatte. Zygmunts Frau war noch unausstehlicher als Stefans Frau, die sich wenigstens bei der Scheidung ganz anständig benommen hatte.

Ich unterbrach ihn und legte ihm zugleich die Hand auf seine, um seine familiären Empfindungen nicht zu verletzen.

»Erschütternd«, sagte ich, »ganz rührend. Aber das ist die Geschichte deines Lebens. Zygmunt, sie ist mir völlig unzugänglich. Selbstverständlich tut mir deine kleine Tochter leid. Aber das ist nicht mein Leid. Genauso, wie ich deine Schuhe nicht tragen kann. Oder in deinem Bett schlafen. Ich will mehr wissen.«

»Ja eben«, stellte Zygmunt bekümmert fest, »hier zeigt sich deine Unfähigkeit, das Leben zu verstehen. Es ist so, wie es ist, es macht keinen großen Eindruck. Aber es ist das Wichtigste.«

Ich lächelte, wohl etwas unsicher. Ich hatte recht damit, genauere Erklärungen zu fordern, aber er war ganz gesättigt von dem Geruch des Lebens, ja sogar zweier Schicksale, die sich überlagerten.

Er sah mich forschend und eindringlich an, wie um festzustellen, ob sein Argument mich überzeugt und bekehrt hätte.

Ich schlug vor, in den Zoologischen Garten zu gehen.

Die Bar, in der wir saßen, lag in nächster Nähe des Zoos. Zygmunt willigte nur zögernd ein, denn er kannte den Zoo schon fast auswendig, wie er sagte.

»Aber hast du den Pavillon mit den Nachttieren gesehen?« fragte ich.

Dort war er noch nie gewesen. Am meisten interessierten ihn die Elefanten. Schon als Kind.

Er erlaubte mir, die Eintrittskarten zu bezahlen. »Wenn du ein Stipendium hast«, brummte er. Er führte mich zu der Elefantenfamilie, die melancholisch das Berliner Gras beschnupperte, dann fanden wir zum Pavillon der Nachttiere. Die künstliche Dunkelheit zwang die Netzhaut unserer Augen zu äußerster Anstrengung, im ersten Moment sahen wir gar nichts, jedenfalls für mich kann ich das sagen. Zygmunt stützte sich auf mich, sein Schritt war etwas unsicher. Die künstliche Dunkelheit war grau, sie hatte etwas Schmutziges. Mir kam der ganz kindische Gedanke, daß Dunkelheit einfach das Fehlen von Licht ist. Im Dunkeln spürte ich das weiche Flügelschlagen der Nachtvögel eher, als daß ich es hörte; die Tiere, von der Zooverwaltung hinters Licht geführt, erlebten jetzt gerade ihre Jagdzeit. Zygmunt teilte mein Entzücken leider nicht, mein Entzücken und auch meine Angst, um die Wahrheit zu sagen, denn die plötzliche Sonnenfinsternis hatte etwas Bedrohliches, sie stellte den natürlichen Verlauf der Ereignisse in Frage. Zygmunt war erschöpft und wollte einen Kaffee, immer wieder sagte er, ich verstünde mich nicht aufs Leben. Ich verließ den Pavillon der hinters Licht geführten Tiere. Wir begaben uns in ein kleines Cafe, in dem ein junger Italiener in sauberer, weißer Schürze virtuos die Kaffeemaschine bediente. Jede seiner Bewegungen sprühte vor Intelligenz.

»Zeig mir doch mal deinen Paß«, flüsterte Zygmunt, der meine Bewunderung für den Italiener nicht teilte.

»Was willst du mit meinem Paß?«

»Ach bitte, ich schau mir so gern Pässe an. Ehrlich. Zeig mal. Mir bringt das Spaß.«

Ich griff in die Innentasche meiner Jacke.

»Ich hab ihn nicht dabei«, sagte ich, »ich hab ihn zu Haus gelassen.«

»Wie kann man nur ohne Paß auf die Straße gehen«, sagte Zygmunt besorgt. »Schade. Aber du zeigst ihn mir gelegentlich mal, ja? Ich werde dich anrufen, Henryk. Wir sehen uns noch.«

»Gut, Stefan, Zygmunt, wollte ich sagen, entschuldige. Meinst du nicht auch, daß dieser Italiener im weißen Kittel ein Tagvogel ist?«

»Ja«, sagte Zygmunt, aber ich merkte, daß er jetzt nichts mehr sagen und nichts mehr hören wollte.

18

Lieber Olek, du weißt ja, wie schwer mir das Briefeschreiben fällt. Und dabei schreibe ich Dir jetzt schon das zweite Mal, stell Dir vor. Ich hoffe, Du hast meinen ersten Brief erhalten, in dem ich Dir meine Wohnung und das Gespräch mit Verena und Matthias beschrieben habe. Ich arbeite hier ein wenig und streife auch manchmal durch die Stadt. Daß ich in der Nähe des Olympiastadions wohne, habe ich Dir ja geschrieben; oft bewundere ich die Granitskulpturen, die in dieser Gegend stehen, direkt am Stadion und in der nahen Wohnsiedlung. Bewundern ist vielleicht nicht der richtige Ausdruck, ich denke eher über sie nach. Sie stellen muskulöse Männer und dralle Frauen dar. Ist das etwas Schlimmes? Und dabei sagt man doch, das sei faschistische Kunst. Ich bin ja eher schmächtig, aber ich hätte nichts gegen einen Athletenkult. Das neunzehnte Jahrhundert liebte Helden, und die Bildhauer sind treuherzige Gesellen und glauben, nacheiszeitliche Muskelhügel und gewaltige Brüste seien der visuelle Ausdruck von Heldentum. Einige der Riesenfrauen stillen Granitsäuglinge mit Granitmilch, auch sie gelten als Faschistinnen. Nicht einmal diese Säuglinge sind unschuldig.

Eigentlich habe ich keinen Grund zu klagen, denn in der modernen Bildhauerei hat sich ja, wie du weißt, ein Kult der Dünnen durchgesetzt, mich beunruhigt nur, wie einfach diese Operation vonstatten ging, denn jetzt glauben die Bildhauer in unveränderter Treuherzigkeit, ein Antifaschist müsse ein dünner und krummer Mensch sein. Ein halber Leichnam sozusagen. Deshalb ist der Gedanke obdachlos. In diesen Granitriesen kann er sich ja wohl schlecht ansiedeln; aber wer denkt, ausgehöhlte Greise und Schwindsüchtige würden ihn locken, irrt sich ganz sicher auch. Er ist obdachlos und wohnt im freien Raum.

Aber keine Sorge, ich werde Dich nicht weiter mit diesem Problem behelligen, ich will Dir ein Ereignis schildern, dessen Zeuge ich eigentlich durch Zufall geworden bin, und an dem eigentlich Du als vielversprechender junger Literat hättest teilnehmen sollen. Eines Abends war ich nämlich auf einer Versammlung Berliner Literaten. Sie wollten die ausländischen Kollegen kennenlernen, die zur Zeit in dieser Stadt sind. Ein Österreicher, der Leiter dieser Stiftung, die mich nach Berlin geholt hat, rief mich an und bat mich, an diesem Treffen teilzunehmen, also bin ich hingegangen. Es stellte sich dann aber heraus, daß ich der einzige Zeichner unter lauter Literaten war.

Schriftsteller, das weißt du selbst, tragen Bärte und Brillen, schwarze Pullover und Cordhosen, sie sind im allgemeinen wortkarg, meist deprimiert, und sie sagen immer wieder, daß sie eigentlich lieber komponieren oder Flugzeuge konstruieren würden. Geh mal vor den Spiegel und schau, ob meine Beschreibung zutrifft. Jetzt stell Dir ungefähr dreißig Leute vor, die dieser Personenbeschreibung entsprechen, versammelt im Saal einer gewissen evangelischen Institution, die den melancholischen Literaten ihre Räume in christlicher Nächstenliebe für einen Abend zur Verfügung gestellt hat. Und nun denk dir: Dreißig Lerchen, die schweigend auf einem langen Ast sitzen. Das Schweigen wurde bald gebrochen, denn der Vorsitzende der Berliner Schriftsteller nahm Platz und ergriff das Wort.

Welches das Ziel dieser Begegnung ist, was wir von dieser Versammlung erwarten, wie sehr wir uns über sie freuen, wieviel Hoffnung wir in sie setzen, wie herzlich wir unsere ausländischen Kollegen willkommen heißen, welch großen Gewinn wir aus diesem Abend ziehen wollen, wieviel brüderliche Solidarität auf der Sitzung entstehen kann.

Nach dieser vielversprechenden Einführung begann das Ritual, das darauf beruht, daß jeder der Anwesenden sich vorstellt, sagt, wer er ist, wie er heißt, was er macht und so weiter. Auf diese Weise wurden die Schriftsteller zum Reden gezwungen. Der Zufall wollte es, daß die Berliner Autoren den Reigen eröffneten. All das geschah in einem ziemlich großen, rechteckigen Saal, an einem langen Tisch, der aus vier oder fünf kleineren Tischen zusammengestellt war. Einem jener Tische, bei dessen Anblick jeder Liebhaber und Kenner italienischer Malerei sich beunruhigt fragt: Wer ist der Judas? Ich war gleich entschlossen, mich, bevor ich an die Reihe käme, schnell zu jenem Örtchen mit dem H auf der Tür zu begeben. Ich sah nicht ein, weshalb ein Zeichner sich fremden Literaten vorstellen sollte. Die Berliner Autoren, die am anderen Ende des Tischchens saßen, sprachen inzwischen schon.

Der erste trug einen schwarzen Pullover und Cordhosen, einen grauen Bart im noch ganz jugendlichen Gesicht und sagte, er schreibe Erzählungen, engagierte Erzählungen. Er klagte über die schwierigen Bedingungen, unter denen er leben und arbeiten müsse. Er habe den Verdacht, daß seine Telefongespräche ständig abgehört, seine Briefe geöffnet würden. Der Verfassungsschutz, sagte er abschließend, scheint sich sehr für Kunst zu interessieren.

Der zweite Berliner, der einen dunkelblauen Pullover und eine Brille trug, sprach ebenfalls davon, wie schwer es sei, in einem Polizeistaat zu leben und zu arbeiten. In einem Polizeistaat. Beifälliges Raunen begleitete seine Worte. Ja, ja, flüsterten die Lippen der Literaten, recht hat er. Ich prustete vor Lachen. Mehr als zwanzig Blicke richteten sich auf mich wie Flakscheinwerfer, die den dunklen Himmel nach einem feindlichen Flugzeug absuchen. Von diesem Augenblick an war ich der Judas an diesem Tisch. Die Apostel musterten mich unwillig.

Der dritte lokale Literat, im schwarzen Pullover, ohne Brille, mit Schnauzer, ohne Bart, lebhaft, nicht bedrückt, angriffslustig, nicht melancholisch, sprach davon, daß die Verleger die wirklich begabten jungen Schriftsteller mit nonkonformistischen Ansichten ignorierten, während die Polizei dafür auf sie aufmerksam werde. Ich lachte nicht mehr. Ich spürte die präventiven Blicke, die meinen Spott im Keim ersticken sollten. Die Verleger suchten Sensationen, harte und tiefgreifende Gesellschafskritik interessiere sie überhaupt nicht.

Die nächsten zehn Berliner sprachen in ähnlichem Geiste. Auch ihnen wurde Unrecht getan, auch ihnen war die Polizei auf den Fersen, und die Verleger übersahen ihr Talent.

Danach kam die Reihe an zwei Emigranten aus Chile, die weder von Verfolgungen noch von Polizei sprachen, sondern sich nur kurz vorstellten. Schließlich ergriff ein tschechischer Dichter das Wort, auch er ein Emigrant. Er sprach von den Gedichten, die er schrieb. Als er schloß, verschwand ich zu dem Örtchen mit dem ›H‹, denn die Stimmen näherten sich immer bedrohlicher. Als ich zurückkam – ich hatte mir viel Zeit gelassen – und mich wieder auf meinen Stuhl setzte, gab der Versammlungsleiter keinen Pardon und bat, der lustige Bruder möge doch auch, in aller Kürze vielleicht, seine Autobiographie skizzieren. Siehst du, unter lauter melancholischen Literaten war ich plötzlich ein lustiger Bruder.

Das Gespräch, oder pathetischer: die Diskussion, werde ich Dir nicht schildern. Sie enthielt nichts Aufsehenerregendes. Man sprach von der Notwendigkeit der Zusammenarbeit, des Zusammenwirkens und des Zusammengehörigkeitsgefühls zwischen den Schriftstellern unterschiedlicher Nationalitäten und Sprachen, die in dieser Stadt wohnen. Ungeheure Portionen Enthusiasmus, Sprengladungen neuer Vorschläge. Man hatte den Eindruck, daß etwas Großartiges, Belebendes, Neues beginnen, daß das Leben in dieser Stadt von nun an einen anderen Anstrich bekommen, daß die Depressionen verschwinden, die Einsamkeit sich auflösen, die Melancholie verflüchtigen, die Verantwortung leichter und die Talente schwerwiegender würden. Du kannst Dir wohl denken, was da geschah. Es war ein Fall von kollektiver Halluzination, man produzierte Projekte, die man am anderen Morgen schon vergessen würde, etwas, an das man sich später ein wenig verlegen erinnert und das sich natürlich nie verwirklichen läßt, weil es ein utopisches Modell im Maßstab 1 : 10 000 ist, ein Lehrbehelf, an dem die Gymnasialjugend die Eigenheiten utopischer Lebensart studieren könnte: Pathetische Sprache, große Aufwallung von Brüderlichkeit, glänzende Augen, Zerstäubung der Worte »immer« und »nie« in großen Mengen, Entstehung eines kollektiven Menschen mit dreißig – oder richtiger neunundzwanzig – Köpfen, der einige Stunden überlebt, eines unentwirrbaren Dickichts von Armen, Beinen, Emotionen, Ausrufungszeichen, gemeinsamen Freunden, gemeinsamen Feinden (plus den Haß auf berühmte Persönlichkeiten; im Laufe des Abends wurde mehrmals ärgerlich festgestellt, daß der große M. N. sich nicht bequemt hatte, auf dieser Versammlung zu erscheinen, obwohl man ihn beschworen, ihn wochenlang darum gebeten hatte). Der kollektive Mensch wächst und erstarkt, er macht Pläne und Versprechen, er verhöhnt andere kollektive Menschen, er schaut in die Zukunft, er träumt.

Später, in den folgenden Tagen und Nächten, schmilzt dieser Riese allmählich zusammen, er zergeht, Köpfe, Arme, Finger fallen von ihm ab, irgendwo verschwinden die überzähligen Beine, Schuhe und Hüte, unbarmherzig zerstört die Frühlingssonne den vergötterten Schneemann, bis schließlich der Versammlungsleiter im Saal steht, ein einsames, nacktes Skelett, das Modell eines Einzelmenschen im Originalmaßstab.

Ich skizzierte in meinem Heft die Gesichter, die den kollektiven Menschen zierten, seine Nasen, Wangen und Brillen, die allgemeine enthusiastische Farbgebung, denn wenn neunundzwanzig chronisch niedergeschlagene Menschen zusammenkommen und sich mit den Gelenken der Gemeinschaft verbinden, das hatte ich erstaunt gesehen, lassen sie so etwas wie eine kollektive Euphorie und Fröhlichkeit entstehen, als hätten die individuellen Melancholien nur darauf gewartet, in der Masse des kollektiven Glücks aufzugehen. Sie benahmen sich wie die Chauffeure von Ministern, die die stundenlange Abwesenheit ihrer Vorgesetzten dazu nutzen, eine Flasche Ambrosia nach der anderen zu leeren.

Die optimistische Diskussion näherte sich ihrem Ende. Einige erste, nüchternere Teilnehmer begriffen wohl schon, daß die Pläne – gemeinsame Autorenabende, Seminare, Versuche, zusammen avantgardistische Werke zu schreiben, gemeinsamer Urlaub in Norwegen, ständiger Austausch von Meinungen, Gedanken und Manuskripten, der Vorsatz, den Kollegen nicht nur fertige Werke zu zeigen, sondern auch Ideen mitzuteilen, aus denen erst Bücher entstehen sollten – illusorisch waren, denn abseits vom Fahrwasser des Gesprächs bildeten sich Strudel ironischen Geflüsters, jemand erdreistete sich gar, einen Witz zu erzählen. Einer der Chilenen ging kurz aus dem Saal und kam mit einer Gitarre zurück, legte sie auf die Knie, stimmte sie, berührte die Saiten und summte eine Melodie. Der Vorsitzende schaute sich das mißbilligend an. Er sah aber bald ein, daß sich hier eine Möglichkeit auftat, die Gruppe noch enger zusammenzuschmieden.

»Setzen wir uns im Kreis«, sagte er. »Wir wollen einen Kreis bilden.«

Jetzt trat eine technische Schwierigkeit auf. Der Saal war zwar nicht klein, aber lang und schmal, ein Rechteck, in das man nur einen Kreis von geringem Durchmesser einschreiben konnte. Die Kugel des kollektiven Menschen dagegen überschritt die Maße, die das Rechteck zu umarmen bereit war, erheblich. Der Vorsitzende schlug daher vor, einen unvollständigen Kreis am Kamin zu bilden, der sich genau an der Mitte der Längswand des evangelischen Raumes befand. Man schob die Tische auseinander, damit der flache Bauch des Saales den kollektiven Fötus aufnehmen konnte. Ich spürte Nervosität in den Bewegungen des Vorsitzenden und seiner Helfer, die die nun überflüssigen Tische beiseiteschoben, sie beeilten sich, glaube ich, weil sie fürchteten, die während der euphorischen Diskussion akkumulierte Wärme könnte sich bei diesen rein technischen Vorkehrungen verflüchtigen.

Ihre Befürchtungen erwiesen sich als unbegründet, denn der Chilene spielte sehr gut Gitarre und sang spanische Lieder, die die Temperatur des Treffens noch steigerten.

Der tschechische Dichter zündete ein Feuer im Kamin an. Dicke Holzscheite loderten hell auf. Ich spürte die Hitze des Feuers auf den Wangen. Der Vorsitzende setzte sich dicht an die Wand, er hätte wohl am liebsten einen Korridor ausgestemmt, um den Kreis im Raum hinter dem Kamin zu schließen.

Ich sah mir den Chilenen genauer an. In seinen braunen Augen schimmerten rosarote Fünkchen, der Widerschein des Feuers. Er hatte die wulstigen Lippen eines Indianers; sie gaben sich dem Gesang so leidenschaftlich hin wie zwei junge Frauen, die am Fluß waschen und dabei singen. Auch ich begann, die Melodie des spanischen Liedes mitzusummen.

Meine Skepsis schmolz im Feuer des Liedes und des flackernden Kamins dahin. Schmolz so gefährlich, daß meine Schultern, als der kollektive Mensch sich im Takt des Liedes, das der bärtige Chilene sang, zu wiegen begann, diesem Rhythmus hingaben, auch ich wiegte mich, zufrieden und beinahe glücklich darüber, daß ich mich wiege, daß die Wärme der anderen Schultern so nah ist, ich verschmelze mit dem Riesen, werde ein Fragment, ein glückseliges Teilchen von ihm, ein Viertel Apfelsine, ich singe, ich toleriere den Vorsitzenden und mag ihn sogar, verstehe und billige seine Absichten, seine Fürsorglichkeit, ich wiege mich, wiege mich und summe, aber ich gehe nicht ganz in der brüderlichen Begeisterung auf, ein Viertel Apfelsine bleibt wachsam, der Kopf eines Schwimmers über dem Wasser eines stillen Sees.

Herzliche Grüße, Dein etcetera.

19

Ein andermal, an einem düsteren und regnerischen Tag, der ölig war von Flecken und Pfützen, in denen Benzintropfen zitterten, wurde die Ausstellung eines japanischen Malers eröffnet, nicht in der elektrischen Galerie, in der man Żbik treffen konnte, sondern in einem kleinen Saal in der Nähe des Charlottenburger Schlosses. Der Japaner saß reglos auf einer Matte in einer Ecke des Raumes, zu seiner Linken dampfte ein Schälchen Tee. Die dichtgedrängte Gästeschar füllte den kleinen Saal, ab und zu ließ jemand ein Weinglas aufs Parkett fallen, das Stimmengewirr verstummte für einen Augenblick, jemand hustete wie im Konzert, dann lärmte, quietschte und kicherte es wieder, man traf unter lauten Freudensbekundungen alte Bekannte, eine häßliche Frau, die sich mit einem entfernten Bekannten von Henryk unterhielt und deshalb in seiner Nähe stand, sagte ihm, er habe glühende Augen, er sei gewiß einer von diesen gefährlichen Freiheitsfanatikern. Richtig geraten, antwortete er, da ihm aber nichts Witziges einfiel, wiederholte er nur, ja, ich bin einer von diesen gefährlichen Freiheitsfanatikern. Sie versuchte gar nicht erst, den Eindruck zu erwecken, als wäre sie hübsch, so wie Verena es tat, die mit Matthias auch auf die Vernissage gekommen war und Henryk von weitem grüßte. Dieselbe Frau fragte ihn kurz darauf, diesmal ganz ernsthaft, was er meine, ob Solidarność sich halten könne? Wir haben ja schon ein Jahr durchgehalten, sagte Henryk gleichfalls ernsthaft, vielleicht glückt es, ich wünsche es mir.

So viele Fremde drängten sich ringsum, so viele fremde Geräusche lärmten. Zum Glück war auch Łasica da. Sie kam ihm ganz nah und vertraut vor, wie eine Cousine, die man während eines Bombenangriffs auf einem unbekannten Bahnhof in der Flüchtlingsmenge wiederfindet. Sie schien sich auch zu freuen, daß Henryk gekommen war, sie hatte ihn angerufen, um ihn an die Vernissage zu erinnern. Er hatte gefragt, ob Żbik auch kommen werde, nein, er war für eine Woche zu Gastauftritten nach München gefahren.

Der Japaner saß ganz allein da, sein Tee wurde kalt. Ein Professor der Ästhetik, aber nicht Loepisch, Loepisch war heute nicht da, sprach über Caravaggio. Einige Besucher hörten ihm aufmerksam zu. Da verstand ich plötzlich oder glaubte zu verstehen, um was diese Menschen gegeneinander kämpften. Um Gestalt. Fast jeder der Anwesenden, selbst diejenigen, die schon halb resigniert hatten, wollte Gestalt, wollte, daß von den Tausenden seiner Gesten eine für immer erhalten bleibe, bis in alle Ewigkeit oder bis ins nächste Jahr, der einsame Japaner träumte davon und der Ästhetikprofessor, die fünfundvierzigjährige rothaarige Malerin, die am anderen Ende des Saales stand, Frau Mutzil, ersehnte es auch, und Łasica, und ich dachte auch daran. Aber es gibt nicht viel Gestalt in dieser Stadt, eine endliche Menge, ein Gramm Gestalt im Jahr, und immer mehr Liebhaber, eine immer größere Zahl von Schmachtenden, Gestaltlosen, Hungrigen, Leidenschaftlichen, Geschwätzigen, Pfiffigen, Unternehmungslustigen, Fähigen, Fleißigen, Hübschen, Häßlichen, langsam Erkaltenden, selbst ein normales Gespräch bot Gelegenheit, ein Milligramm Gestalt zu produzieren, ein Scherz nahm die Gestalt eines musikalischen Scherzos an, wollte er nur dauern, nur dauern; aber gleichzeitig schämten sie sich der Gestalt, weil sie wohlgestalt ist, und das ist nicht gut, es ist zu herausfordernd und gewöhnlich. Ideal wäre es, wenn die Gestalt gestaltlos sein könnte, ja, das wäre großartig, wenn sie gestaltlos und flüchtig wäre, und doch ewig, leicht wie eine Brieftaube und schwer wie ein Briefbeschwerer, wenn sie wäre und doch nicht wäre. Wenn sie weniger anspruchsvoll und weniger altmodisch wäre, wenn sie nicht nach Eindeutigkeit verlangte. Ja eben, wenn sie zweideutig, dreideutig, vierdeutig, beweglich sein könnte, wenn sie wie ein Traum wäre, nicht wie ein Stuhl oder ein Krug. Wenn die Gemälde im Museum verschwinden und wieder auftauchen würden, wenn sie in ihrem zarten Sein auf- und abwogten wie die Wimpern des kleinen rothaarigen Mädchens, aber nein, sie verharren zu hartnäckig in ihrem Stupor, sogar nachts, wenn auf der ganzen Welt brandneue Träume entstehen, klebrig wie junge Kastanien, verändern die Bilder sich nicht im geringsten, eingehüllt in das Gähnen der Wärter und das Ticken elektronischer Apparate aus Japan.

Man mußte nach einer anderen Möglichkeit, nach einer elastischen Gestalt suchen, die zudem ein wenig unverschämt wäre, nicht bei jeder Gelegenheit errötete, es sollte jemand sein, der so geschmeidig wie Herkules, so verschlagen wie der Vertreter einer großen Seidenkrawattenfirma und so unnachgiebig wie ein sowjetischer Proletarier in Gladkows Roman »Zement« wäre. Es sollte jemand sein, der voll widersprüchlicher, sich gegenseitig ausschließender Eigenschaften ist, schwer wie ein Magen nach üppiger Mahlzeit, und leicht wie ein Springkäfer.

Henryk trat an das Gemälde heran, das an der Längswand der Galerie hing. Das Bild war riesig, ein mal vier Meter. Es war das einzige heute ausgestellte Werk des Japaners, es war Gegenstand der Vernissage.

Es zeigte Lichtkreise, die vor dunklem, violettem Hintergrund, der aus Flecken und Punkten bestand, glühten. Es trug den Titel »Alles«. Es hätte Henryk gefallen, wäre es nicht auf eine fast unmerkliche Weise schmutzig, ungenau, übereilt gemalt gewesen. Alles ein bißchen schmutzig, ich konnte mich damit nicht abfinden, noch nicht, irgendwann vielleicht, wenn – was Gott verhüte – meine Sehkraft nachläßt und meine Toleranz sich in völlige Gleichgültigkeit verwandelt, dann vielleicht kann ich dieses Bild gutheißen, post factum, post mortem, denn dann wird es sicher nicht mehr existieren, zusammengerollt auf irgendeinem Dachboden, oder vergessen in einem Vorstadtschuppen, zwischen verrosteten Autoteilen, oder der Japaner wird es in kleine Stücke schneiden und die Leinwand noch einmal verwenden, diesmal, um einzelne Existenzen zu malen, vielleicht auch verstaubte und schmutzige.

Łasica kam zu mir, nahm mich am Arm und führte mich zu dem Japaner. Unterwegs flüsterte sie mir zu, ich solle ihm ein paar freundliche Worte sagen, sonst würde er verrückt werden. Niemand wolle mit ihm sprechen. »Was du machst, ist interessant«, sagte Henryk also zu dem Japaner. Er log und schämte sich ein bißchen, unmerklich wie der Hauch des Frühlingswindes. Schließlich war das eine ganz bedeutungslose Heuchelei. Etwas später überlegte ich, daß diese Heuchelei zwar leicht wie Luft sei und nicht einmal eine besonders tiefe Gesichtsröte erfordere, aber auch Luft kann ja, wenn sie sich zusammennimmt, mit Hilfe pneumatischer Kräne große Lasten heben. Ebenso kann auch Heuchelei, wenn sie mit Hilfe von Artikeln und oft genug wiederholten Einschätzungen verdichtet wird, sehr viel Aufhebens von der größten Nichtigkeit machen.

Die Einsamkeit des Japaners war, wie sich bald herausstellte, nicht frei gewählt. Kaum hatte er mein unaufrichtiges Lob gehört, bat er mich, doch neben ihm auf der Matte Platz zu nehmen, und begann zu sprechen; er hielt einen langen Monolog. Henryk verstand längere Zeit kein Wort, er erriet nicht einmal, in welcher Sprache sich der Schöpfer des langen Bildes äußerte. Der Japaner spricht deutsch, wurde Henryk schließlich klar, nur mit einem geradezu phantastischen Akzent, der, weich wie der eines Kindes, die deutschen Wörter verunstaltete, sie auffraß wie ein Schimmelpilz. Mit größter Mühe verstand Henryk, daß der Japaner ihm die Entstehungsgeschichte des Bildes erzählte. Glücklicherweise verlangte er keinerlei Erwiderung, er vergewisserte sich nicht einmal, ob er verstanden wurde. Ringsum unterhielt man sich. Ringsum und über uns. Łasica hatte mich bei dem Japaner gelassen und war selbst in die Menschenmenge zurückgekehrt, die wie ein Wald über unseren Köpfen ragte. Der Wald rauschte und wogte, es schwankten und knarrten die Kiefern. Man sprach davon, was für ein Skandal es sei, daß alte und noch gut erhaltene Mietshäuser leer stünden, das seien natürlich die Machenschaften von Wohnungsmaklern, sagte man, von Spekulanten und Kapitalisten; wie gut, daß die Jugend etwas dagegen unternimmt und diese Mietshäuser besetzt. Jemand anders, ein Radfahrer, sprach davon, wie wenig Radfahrwege es in dieser Stadt gebe und was für ein Skandal es sei, daß die vier Apokalyptischen Reiter in ihrem Vertrag über Berlin gar keine Rücksicht auf die Radfahrer genommen hätten, die deshalb jetzt keine Ausflüge außerhalb der Westsektoren der Stadt machen und die östlichen Wälder, Seen, Wiesen und Wolken nicht nutzen könnten. Noch jemand, eine andere Kiefer, sprach von einem großen Bauskandal, über den die Einwohner der Stadt sich seit Monaten aufregten. Ein skandalöser, ganz unmöglicher Skandal war das. Die Gespräche pendelten über uns wie der Zopf einer Riesin. Skandal. Caravaggio. Jesus Christus. Trotzki. Radfahrer. Östliche Seen. Westliche Autobahnen. Der Japaner erzählte weiter weich, ganz weich von seiner monatelangen Arbeit an der riesigen Leinwand, er berichtete, welchen Tee er damals getrunken, was er gedacht habe; die Gespräche, vermischt mit beißendem Zigarettenrauch, pendelten, das trübe Licht schwankte sanft, alles ein einziger schmutziger Skandal, dachte Henryk in mir. Dann legte sich das Gespräch allmählich, es entfernte sich, der Skandal verblaßte.

Łasica kam zurück; mit ihr erschien ein Mann, den ich noch nicht kannte, ein hochgewachsener Deutscher, der wie ein Künstler gekleidet war. In früheren Zeiten hätte er ein Wandergesell sein können, der Europa durchzog. Im grünen Überzieher, geschützt vor Regen und Kälte, wäre er nach Frankreich gegangen. Einen Tag hätte er an den Steilufern des Rheins verbracht. Auf dem Wasserspiegel des Rheins hätte er die weißbäuchigen Wolken betrachtet, die von Westen heranzogen. Er hätte ein Lied gesummt. Er hieß Bernd. Er setzte sich auf die Matte und zog sogleich eine Schachtel Tabak aus der grünen Leinentasche. Die Blechschachtel war in zwei Hälften geteilt, in denen sich verschiedene Tabaksorten befanden, der eine kam mir ganz normal vor, der andere hatte einen geheimnisvollen, süßlichen Geruch. Bernds Finger tauchten in beide Tabakhaufen, sie nahmen ein Bad, stöberten lange in ihnen. Die Finger hatten kurzgeschnittene Nägel, die der Haut eng anlagen wie Mützen an Matrosenstirnen. Nach dem Bade gingen Bernds Finger daran, aus beiden Tabaksorten eine Zigarette zu drehen. Bernd hatte es nicht eilig mit dieser Arbeit, im Gegenteil, er tat sie so langsam, als geschähe das in einem Traum. Als die Zigarette dann gebaut war – diesmal ganz ohne Bauskandal –, zeigte sie Bernd uns, legte sie auf die flache Hand, auf daß seine Bemühung gebührend gewürdigt werde, vielleicht rechnete er mit Kritik, mit negativen Rezensionen, vielleicht war er stolz auf die makellos zylindrische Gestalt, die er ohne die Hilfe einer Zigarettendrehmaschine zustandegebracht hatte.

Niemand hatte irgendwelche Anmerkungen oder Vorbehalte. Bernd zündete die Zigarette an, etwas wehmütig betrachtete er das Flämmchen, das sein Werk vernichten sollte, und sie begann zwischen Łasicas, des Japaners, Henryks und des Gesellen Mündern zu kreisen. Das Gespräch erstarb, jetzt zählte nur der weiße Zylinder der Zigarette, der langsam und sachte von Hand zu Hand, von Mund zu Mund gereicht wurde. An jedem Mund verweilte der weiße Zylinder längere Zeit, man mußte den blauen Rauch sehr tief einziehen, schwelgen sollten die Lungen in ihm.

Über uns wogten immer noch die Kiefern und Gespräche, leiser schon und spärlicher; nur der Galeriebesitzer, in schwarzem Rock, schwarzem Hemd, mit schwarzer Krawatte, unterhielt sich mit einem befreundeten Paar, aber uns, die wir auf der Matte saßen, kam es vor, als geschähe das irgendwo in weiter Ferne, hinter einer Wand, hinter Milchglas. Schweigen herrschte unter uns, brüderliche Stille. Sogar Bernd machte auf Henryk nicht den Eindruck eines Fremden, obwohl er ihn das erste Mal im Leben sah. Selbst die Tatsache, daß er als Begleiter von Łasica erschienen war, konnte ihn nicht mißtrauisch stimmen. Łasica gefiel mir heute, mehr als irgendwann sonst. Ihre Lippen waren voller als gewöhnlich, es war gewissermaßen mehr Łasica da als an allen anderen Tagen. Zum erstenmal gefiel sie mir wirklich, trotz der brüderlichen Zigarette, die sicher mildernd wirkte, so sehr, daß ich Lust bekam, diesen Mund zu berühren, ihre Hand, ihre langen Finger, ihre Wangen zu berühren, ich wollte sehen, wie ihr Gesicht sich unter dem Gewicht einer leichten Liebkosung veränderte, wollte, daß sie ihren schwarzen Pullover auszöge, Schultern und Brüste entblößte.

Ich merkte bald, es war kaum zu übersehen, daß jener, das heißt Bernd, der Baumeister der Zigarette, Łasica genauso gespannt ansah wie ich, daß auch er ihre Handbewegungen, das Hochrutschen und Fallen ihres Pullovers beobachtete und auf ihre Lippen und Augen schaute, ich wußte nicht, ob er das gleiche sah wie ich, die gleichen Lippen, ich fürchtete, er könnte dasselbe empfinden wie ich. Nur der Japaner empfand etwas anderes, er war ausgeschlossen, er lächelte in grenzenloser Glückseligkeit, wie ein Stoiker, dem es gelungen ist, seine sinnliche Begierde zu ignorieren und zu überwinden. Er schwieg und sah weder die Frau noch die Männer an, er schaute wie in weite Ferne, als hätte sein Blick die Berliner Mauer überflogen und Asien entdeckt.

Łasica zog ein Album mit Zeichnungen alter Meister aus der Tasche und zeigte es Henryk. Bernd rührte sich unruhig, seine Hand erwartete das Buch. Henryk aber hatte es nicht eilig, ihm den Bildband zu reichen, er zeigte Łasica eine Zeichnung von Leonardo, sie sah sich die Reproduktion aufmerksam an, ihre Finger berührten meine Haut, wir hielten das Album zusammen, hielten es lange. Bernd riß mir den wertvollen Gegenstand fast aus der Hand, dann sprachen wir über die Kunst des Zeichnens, obwohl jener, Bernd, unwillig sagte, es sei sinnlos, Kunstwerke in Begriffen beschreiben zu wollen. Malen hätte Sinn, aber darüber zu sprechen nicht. Sobald etwas Wertvolles entstehe, fielen gleich die Spatzen aus der ganzen Umgegend über das gefundene Fressen her und schwatzten in einer Tour.

Henryk, der selbst nicht viel von der Tyrannei der Begriffe hielt, erkannte doch seine Chance in diesem Standpunkt Bernds, den er übrigens für recht banal hielt, und er begann ein riskantes Spiel mit Worten, wobei er ab und zu einen Blick auf sie, in ihre leuchtenden Augen warf. Später bereute er das und nahm sich vor, es nie wieder zu tun, jetzt aber genoß er die kleine Unredlichkeit. Ihn freute das Unheil – ein geringfügiges Unheil –, das er anrichtete. Er hielt einen kurzen Vortrag. Das Deutsche, welch Wunder, leistete ihm keinen Widerstand, es war weich und gehorsam. Er erklärte Łasica und Bernd, auch dem Japaner, wenn der etwas hörte und verstand, es gäbe zwei Künste, die Kunst des Schreibens und die Kunst des Lesens. Bernd verteidige die Kunst des Schreibens, beziehungsweise des Malens, Zeichnens oder Komponierens, und das sei selbstverständlich ungeheuer wichtig, denn es gäbe natürlich kein Lesen, wenn nicht zuvor etwas entstanden wäre, was Gegenstand der Lektüre sein soll. Aber diese geschriebenen, gemalten und komponierten Dinge langweilten sich und fühlten sich unbehaglich, wenn sie nicht gelesen würden. Am wichtigsten sei vielleicht das stumme Lesen, bei dem nur die Lippen sich bewegen. Manchmal sehe man im Museum einen Menschen eine Stunde vor einem Bild stehen, dann könne man sich denken, daß dieses stille Lesen gerade in ihm geschehe. Man könne sich auch vorstellen, wie glücklich dieses Bild sei, wenn es ein paar Menschenaugen vor sich sieht, die es aufmerksam betrachten. Folge denn aber daraus nicht als natürliche Konsequenz, dem Entzücken, das sich während des stillen Lesens angehäuft hat, auch Ausdruck zu geben? Es gibt so wenig Entzücken auf der Welt, sagte Henryk traurig, daß man es ruhig mehren soll. Deshalb hat dieser Mensch, der das Bild eine Stunde lang betrachtet hat, nicht nur das Recht, über sein Erlebnis zu schreiben, das sei geradezu seine Pflicht, denn es ist unsere Aufgabe, es ist Berufung der Sterblichen, dafür zu sorgen, daß die selbstlose Begeisterung nicht erlischt, daß sie nicht ausstirbt, so wie seltene Tierarten verschwinden. Ja mehr noch, das Schreiben braucht das Lesen, wie schöne Frauen Spiegel und bewundernde Blicke brauchen. Und auch damit nicht genug, wird doch das Gelesene, wenn es aufgeschrieben wird, selbst zu einer Lektüre.

»Deshalb irrst du dich, Bernd«, sagte ich mit scheinheiligem Lächeln, »du irrst dich, du solltest nicht zu leichtfertig die Hälfte unseres Vermögens weggeben, das ist Verschwendung. Heutzutage tun das viele. Dabei ist das Lesen mit dem Schreiben so eng verflochten, Bernd, daß man beides manchmal kaum unterscheiden kann.«

Bernd wehrte sich nicht. Er schwebte in den Wolken des blauen Rauchs, den er selbst bereitet hatte. Ich sprach inzwischen weiter. »Ich kenne die Begriffe, ihre Schlupflöcher und ihre Hinterlisten gut, ich weiß, wie sie sich ernähren, wie sie jagen, wie geduldig sie auf Beute lauern können, darin sind sie wie die Blüten der Seerose. Ich kenne ihre schwachen Seiten. Aber ich weiß, daß sie unersetzlich sind, und selbst diejenigen, die sie erbittert bekämpfen, finden keine andere Waffe gegen sie, sie greifen gewöhnlich auf eine andere Art, einen anderen Stamm zurück. Diese Einfaltspinsel verstehen nicht, daß die Wahrheit sich auf einer schmalen Festlandzunge zwischen dem Lager der Begriffe und der Welt des Traums verbirgt und selbst noch etwas anderes ist, etwas drittes, das aus anderem Stoff gemacht ist. Die Wahrheit ist wie eine Schwalbe, die sich gegen Raubvögel wehrt – obwohl sie selbst ein Raubvogel ist, nur sanfter als jene – und unsäglich dankbar die bescheidenste Hilfe in Anspruch nimmt, wenn man zum Beispiel den Habicht für einen Augenblick von seinem Opfer ablenkt, indem man ihm eine unkomplizierte Anekdote erzählt (der Geist des Habichts ist nicht allzu raffiniert). Den größten Gefallen tun ihr vielleicht diejenigen, die es verstehen, ein bißchen Verwirrung in diese Welt zu bringen, die also den einen Raubvogel mit dem anderen schrecken und der Schwalbe so einen Moment Freiheit verschaffen; dann segelt sie in der Luft wie eine wilde Schaukel, wie ein Pendel, das keiner Uhr dient.«

Deshalb lockte mich die Gemeinsamkeit mit Herrn Bernd in dieser Frage überhaupt nicht; wenn Łasica und ihr rosaroter Mund, der wie der Gewinn in diesem Rednerwettbewerb winkte, nicht gewesen wäre, ich hätte ihm nicht recht gegeben; Bernd wurde zu einem weiteren Schwalbenstößer, der die ohnehin schon erschöpfte Schwalbe peinigte.

»Ach ihr, ihr Gegner der Begriffe«, sagte Henryk zornig, »könntet ihr wenigstens würdig kämpfen, könntet ihr dem verblüfften Publikum eigene Werke vorweisen, die frei von den Nähten der Begriffe wären. Aber ihr benutzt einfach schlechteren Faden und tut dabei so, als nähten eure Nadeln von allein. Ihr seid die Grippe dieser Epoche, ich wiederhole – die Grippe der Epoche, deren Stiefkinder wir alle in gleichem Maße sind, du, und ich, und unser Freund aus Asien. Und ob du dich nun auf Swedenborg berufst oder auf einen indischen Guru, spielt keine Rolle, ich werde die unfaßbare und ewig lebendige Schwalbe der Wahrheit verteidigen, obwohl ich, wenn ich auf einen rücksichtslosen und ausschließlichen Verehrer der Begriffslanzetten träfe, ihn sicher genauso erbittert bekämpfen oder vielmehr panisch die Flucht ergreifen würde, so wie es mir kürzlich in dieser Stadt, die nicht ewig ist, passierte, ich gebe zu, ich lief wie von Sinnen davon, und das hat mir geholfen, nichts ist so heilsam wie eine richtig energische

Flucht, vor euch oder vor ihnen, nein, ich will gar nicht behaupten, daß ich die von Falken gejagte Schwalbe sei, so ein Prahlhans bin ich nicht, nein, das meinte ich nicht, Kollegen und Kollegin, lieber Freund aus Japan, der du jetzt große Augen machst, und du, dunkler Galeriebesitzer, der du gerade dein ebenso dunkles Lokal verläßt und Łasica einen kleinen Messingschlüssel in die Hand drückst, gut, wir werden die dunkle Galerie hinter uns abschließen, aber noch nicht jetzt, zunächst müssen wir einige ganz grundlegende Fakten feststellen. Vielleicht spricht der himmelblaue Rauch aus mir, ich will das nicht ausschließen, aber selbst wenn es so wäre, Galeriebesitzer und ihr, Freunde, so zeugte es doch nur davon, daß Rauch auch aufhellen kann, nicht nur, wozu er vor allem berufen ist, verdunkeln; ich bin für jede Hilfe dankbar, woher sie auch kommen möge, ich sage nicht, timeo Danaos et dona ferentes, non timeo Danaos, wenn sie mir Klarheit bringen.«

So sprach er noch lange. Das Glück lachte mir weiterhin, mein Deutsch festigte sich auf einem erstaunlich korrekten Niveau, ich spürte, daß Łasicas Lippen mein sein würden, daß mir der Preis in diesem Turnier zufallen werde. Bernd hatte einen schlechten Tag, er sagte wenig und sprach unsicher. Er spricht zu gut deutsch, dachte ich, deshalb verliert er. Armer Bernd, er spricht zu gut deutsch, er kennt Łasica zu lange, das Schicksal hat ihm keine Hindernisse geschenkt, die ihm im Kampf gegen mich helfen könnten. Bald klagte er über Kopfschmerzen und Müdigkeit, er warf das Handtuch, verabschiedete sich und verschwand im Dunkel der Straße, unter den Linden, die schon fast ganz entblättert waren, gebeugt ging er zum Eingang der U-Bahn, vom Oktoberwind gepeitscht.

Es blieb noch der Japaner. Wir mußten warten, bis auch er gehen würde.

Ich hatte keine Lust mehr, von den Begriffen und ihren Nestern zu sprechen. Oder von der Schwalbe der Wahrheit.

Ich sah in Łasicas weit geöffnete Augen. Sie waren blau wie Rauch.

Unsere Finger berührten sich, fanden sich in der Wüste. Ihre Finger staken unter harten Messingnägeln. Ihre Rechte barg den Schlüssel der Galerie. So halten Kinder Münzen in der festgeschlossenen Hand.

Es war still, man hörte nur das Rascheln der Tonbandspulen. Das Band war abgelaufen.

Der Japaner schaute auf sein großes Bild. Entzückt betrachtete er die Flecken vor dem dunklen Hintergrund.

Ich spürte ihre trockene Haut unter meinen Fingerkuppen. Alle Finger sind Brüder, über die ganze Welt verstreut. Manchmal verraten sie sich gegenseitig, sie fesseln Josef und werfen ihn in einen tiefen Brunnen.

»Es ist schon sehr spät«, sagte Łasica plötzlich zu dem traumversunkenen Japaner. Sie nahm Rücksicht auf seine mangelhaften Deutschkenntnisse und sprach langsam und deutlich.

»Es ist schon spät, die U-Bahn fährt nicht mehr lange. Du solltest nach Hause gehen, um sicher in dein Bett zu kommen. Geh, ich bitte dich.«

»Ja«, sagte der Japaner höflich und wandte schweren Herzens den Blick von der langen Leinwand ab, »ich muß jetzt gehen, um sicher in mein Bett zu kommen. Die U-Bahn fährt nicht mehr lange.«

»Ja«, sagte Łasica noch einmal, »es ist schon sehr, sehr spät.«

»Schon Oktober«, fügte ich hinzu.

»Ja, es ist schon Oktober«, sagte der Japaner.

»Wenn du nicht gleich gehst, kommst du nicht vor dem Winter nach Hause. Du wirst dich durch Schneewehen kämpfen müssen. Womöglich erfrierst du auf der Straße. Die Ohren fallen dir ab.«

»Die Ohren fallen mir ab«, wiederholte der Japaner. Sein Deutsch hatte sich kaum merklich verbessert.

Er nickte zum Zeichen des Einverständnisses, schweren Herzens, doch folgsam. »Lebt wohl, Freunde«, sagte er, aber eigentlich verabschiedete er sich von seinem großen Bild. »Gute Nacht«, sagte er und kniete tatsächlich vor der Leinwand nieder, berührte mit dem Knie das Parkett.

Der Oktoberwind half ihm, die Glastür der Galerie zu öffnen und schlug sie krachend hinter ihm zu.

Das Deutsche hütete seine Zunge.

Es geschah fast gar nichts, Henryk neigte sich nur zu ihr und küßte sie. Ihr Mund öffnete sich weich, und die Zunge kam ihm entgegen.

Sie gingen zu ihr nach Haus.

Sie war zärtlich zu ihm, obwohl er das nicht verdient hatte. Früher pflegte nur Liebe solche Zärtlichkeit freizusetzen. Wenn man dem Wörtchen ›früher‹ glauben kann. Sie lesen jetzt Sex-Handbücher, dachte Henryk, und erfahren dort, daß man die Männer liebevoll behandeln, sie umsorgen muß.

Einige Handbücher beschreiben auf erschreckende Weise die Schwierigkeiten, mit denen der Mann fertig werden muß, um den Anforderungen der Liebe gerecht zu werden.

Im Lichte der theoretischen Analysen war das nahezu unmöglich. Aber die Finger sind Brüder und erkennen sich selbst nach jahrelanger Trennung wieder.

Zum Glück studierten sie die Handbücher wie jene gutgläubigen Sportler, die sich das Skifahren zu Hause beibringen, indem sie Anleitungen lesen und sich Schneeblumen vorstellen.

Die Finger sind Brüder.

20

FRAGMENT EINER AUSSTELLUNGSKRITIK in der großen Tageszeitung BERLINER MERKUR, verfaßt von Helene Trost-Ruppert: In der kleinen, den Berliner Kunstliebhabern dennoch wohlbekannten Galerie ›Pelikan‹ – denen, die dieses anheimelnde Plätzchen noch nicht entdeckt haben, sei gern verraten, daß es sich im Stadtzentrum, in der Bleibtreustraße befindet – ist am vergangenen Freitag eine sympathische Ausstellung von Gemälden und Zeichnungen eröffnet worden. Drei Künstler zeigen ihre Arbeiten: Ein Grieche, ein Ungar und ein Pole. Es folgt die Besprechung der Ölgemälde des griechischen Malers und der objets d'art des Ungarn. Im letzten Saal – es ist derselbe, in dem vor genau einem Jahr die Miniaturskulpturen von John Bushman gastierten – stehen wir vor kleinen, weißen Quadraten. Alle Zeichnungen von Henryk O. aus Polen sind nämlich im Quadratformat gehalten; der Künstler ist Gast der Günter-Becker-Stiftung, die für die treffliche Auswahl ihrer Stipendiaten bekannt ist.

Der erste Eindruck ist nicht der beste. Wer offenen Auges durch die Säle mit den übrigen Exponaten dieser Ausstellung gewandert ist, hat den Schwung der hellenischen, dynamischen Gemälde und den expressiven Witz der pannonischen Kunstobjekte noch in frischer Erinnerung. Bei den weißschwarzen Quadraten von Henryk O. denkt man im ersten Augenblick an die Doppelreihe von Schülerinnen eines Mädchengymnasiums, in schwarzen Röcken und weißen Blusen (weiße Strümpfe, schwarze Pumps, dunkle Haare, weiße Zähne).

Der erste Eindruck ist also gleichsam schulmäßig, als kämen wir gerade von einem bunten Gemüsemarkt – dies gilt besonders für die märchenhafte Farbenpracht und Sattheit der griechischen Gemälde – und fänden uns im erwähnten Gymnasium wieder, oder als beträten wir nach langer Wanderung durch die New Yorker Bezirke Lower East Side und Soho eines jener strengen Gebäude aus rotem Backstein, in dem sich früher kleine Fabriken oder auch Manufakturen befanden und die heute zahlreiche Malereteliers beherbergen, und die unabhängig von der Eigenart der Arbeiten, die dort entstehen, immer eine strengere, gebundenere, vereinfachte Form von Raum sind, so als wären sie für den Transport über den Ozean fertiggemacht.

Die Zeichnungen von Henryk O. fordern vom Betrachter, daß er sich zunächst einmal umstellt. Sie verlangen von uns ein gewisses Quantum Geduld. Es ist so, als kämen wir in das Halbdunkel eines Zimmers und müßten uns erst an die schwache Beleuchtung gewöhnen. Wenn man dieses Hindernis überwindet, wenn man den Augenblick der Hilflosigkeit, Unsicherheit und Urteilsunfähigkeit übersteht (ständig will man von uns, besonders von uns Kritikern, daß wir ein Urteil abgeben, gut oder schlecht, schön oder häßlich, gelungen oder mißglückt, und dabei geschieht es so selten, daß sich ein wirklich reifes, abgeschlossenes Urteil in uns bildet, meist ist da nur eine unklare Ahnung, die rastlos umherirrt, ein amorphes Plus oder Minus oder auch Plusminus, und man muß sich dann überwinden, die Augen schließen, gute Miene zum bösen Spiel machen und aufs Geratewohl ja oder nein sagen), dann geschieht etwas Seltsames: Diese Zeichnungen erweitern sich wie die Pupillen eines gewölbten, wachsamen Auges.

Diese kleinformatigen weißen Kartons wachsen und wandeln sich von unscheinbaren, fast schülerhaften Arbeiten zu den Bullaugen eines sinkenden Schiffs, durch die wir die erstarrten Gesichter der zum Tode verurteilten Passagiere, die zum Tode verurteilten Geräte, am Boden befestigte Betten, die Radiogeräte, Spiegel und Tische beobachten; weder Chaos noch Panik herrschen hier. Die Möbel und Geräte verhalten sich wie spartanische Soldaten, sie stehen stramm, während sie untergehen, sie haben nicht den Mut, die Ordnung zu stören, und deshalb mag es scheinen, als ginge mit ihnen zusammen auch die Vertikale unter, als werde es keine Vertikale mehr auf der Welt geben, sie wird auf dem Grunde des Ozeans ruhen, Tiefseefische werden ihre schlanke Gestalt neugierig beäugen.

Nur die Menschen, diese Unglückseligen, die keineswegs aufs Deck fliehen – ich komme gleich darauf zurück –, sondern in ihren kleinen, eben noch so gemütlichen Kabinen verharren, nur sie denken noch an die Vertikale. Sie ist ihnen eingeimpft. Neben ihnen stehen freundliche Kinder und Tiere, die uns, die wir die Zeichnungen betrachten, anschauen. Die Menschen, Kinder wie Erwachsene, sind mit sich selbst beschäftigt, man kann zwar nicht sagen, daß sie in ihre eigene Tiefe sähen, doch sind ihre Augen gleichsam untätig, reglos. Nur die Tiere, riesige Katzen und weiße Hunde mit üppigem, bärengleichem Fell, schauen so intensiv, daß ihre Blicke die Mauer der Kartons durchschlagen und uns erreichen. Doch wird hier nicht um Hilfe gerufen oder zu Mitleid aufgefordert, nicht die Buchstaben SOS leuchten in diesen Blicken, in ihnen ist Schmerz, aber ein Schmerz, der sich nicht mitteilt, sich nicht überträgt, der nicht ansteckend ist, ein bengalisches Feuer des Schmerzes. Die Erwachsenen halten die Kinder an der Hand, widmen ihnen aber keine besondere Aufmerksamkeit, so als befänden die Passagiere dieses großen, luxuriös eingerichteten Schiffes sich in einer Narkose. Jemand sitzt auf einem Stapel Lederkoffer, an einer Kajütenwand hängt schief ein Holzkreuz, das auch untergehen wird, denn es ist an dem Schiffskörper befestigt und teilt sein Schicksal; auf einer schrägen Tischplatte hält sich ein Glas, aus dem ein Tropfen Wein, groß wie eine Träne, fließt (die einzige Träne auf dem ganzen Schiff), ein halb geleertes Röhrchen Schlaftabletten schmiegt sich an den Sockel des Glases, als suchte es Hilfe bei ihm. In einer der Kabinen hängt ein gestreiftes Hemd zum Trocknen an der Türklinke, und wir, die Betrachter, denken wehmütig daran, wie bald schon dieses Hemd wieder naß werden wird.

Eine der Katzen schläft, als läge sie an einem heißen Augustnachmittag auf der Türschwelle eines Bauernhauses. Nirgends gibt es die geringsten Anzeichen von Panik, niemand rennt aus den Kajüten, das Deck ist nahezu leer, wenn man zwei spielende Hunde und die große Herde leerer Liegestühle nicht zählt, die von der Schwerkraft an einer Bordseite eng zusammengedrängt wurden und träge ihre Leintücher wehen lassen.

Irgendwo huscht auch einer der Offiziere in lässig aufgeknöpfter Uniform an uns vorüber, einen Zigarrenstummel im Mundwinkel, ganz vertieft in die Lektüre irgendeiner ungeheuer umfangreichen, vielblättrigen, sicher amerikanischen Zeitung, die wie eine Orchidee in seinen Händen blüht, wir meinen geradezu den leichten Moderduft der Blume zu riechen; am Rande einer Spalte, neben der Seitenzahl, steht das Datum, wir schauen neugierig, welches, aber man kann lediglich erkennen, daß es der 14. April ist, das Jahr bleibt uns unbekannt, auch wissen wir nicht, wie alt die Zeitung ist, wie lange sie sich auf dem Schiff befindet.

Einige der zahllosen Geräte, die auf diesen Zeichnungen abgebildet sind, befinden sich in einem bedrohlichen Deformierungsprozeß; nicht alle Lampen sind noch Lampen, nicht alle Stühle verhalten sich wie Stühle. Einer der Tische ist gerade in Verwandlung begriffen: Noch wissen wir nicht, was aus ihm werden wird, aber allein die Tatsache, daß gewaltige Schneidezähne seine Platte durchbrechen, verheißt der blassen Frau im Schlafrock, die direkt daneben nachlässig in einer Illustrierten blättert und sich für das Horoskop von Steinbock und Zwilling interessiert, nichts Gutes. Am liebsten risse man ihr diese Zeitschrift aus den Händen und schriee, daß es jetzt zu spät ist für Horoskope, aber es gibt sie ja nicht, diese blasse Frau, es gibt sie nicht.

Warum haben sie keine Angst, fliehen sie nicht, warum schläft der kleine Junge noch, der sich in die Falten eines riesigen Bettlakens gegraben hat, warum betrachtet sich die alte Frau im Spiegel, ein kaum wahrnehmbares Lächeln noch auf den Lippen, warum ruht das Liebespaar so zuversichtlich auf dem breiten Bett, warum bricht der Sonntagsmaler, der seine Staffelei auf dem Deck postiert hat, seine Beschäftigung nicht ab, obwohl er den Boden des Schiffes unter den Füßen verliert? Das Meer ist ruhig, kein Sturm war es, der die Katastrophe verursacht hat. Der Sonntagsmaler besieht sich sein Werk, aufmerksam betrachtet er die zarten Farbflecken auf dem Karton, er prüft den Pinsel, er ist blind für den Ozean.

Wo ist der Kapitän? Wo ist die Angst? Etwas Unheimliches ist in den Gesichtern dieser Menschen. Man könnte meinen, sie seien unsterblich. Der Augenblick, in den sie alle versunken sind, ist ein Bruchteil Unsterblichkeit. Ein heiterer Nachmittag. Viel Licht. Danach wird eine lange Dämmerung anbrechen. Stille. Ruhig arbeitet der Schiffsmotor. Jemand, der wie ein Wissenschaftler, wie ein Geistesarbeiter aussieht, studiert ein dickes Buch, den Bleistift in der Hand. Er ist gerade in der Mitte des Buches, schaut von den Seiten auf und blickt vor sich hin. Wir wissen nicht, woran er denkt.

Ungetrübte Ruhe ist in seinem Blick. Die Welt ist in Ordnung gebracht, sie ähnelt einem karierten Heft.

Vielleicht schreibe ich zu ausführlich über diesen Graphikzyklus. Aber ich kann nicht anders. Ich habe lange über diese Arbeiten nachgedacht. Dann verstand ich auf einmal, daß dieses Schiff nie untergehen wird, es wird so verharren, für immer. Es wird nicht auf den Grund sinken, denn es gibt keinen Grund. Es wird so verharren, den Bug nach unten gerichtet, in unbequemer Position erstarrt. Ich werde es nicht vergessen. Die Gesichter dieser Menschen.

›Das sinkende Schiff‹ läßt an keines der historisch bekannten Ereignisse denken, auf keinen Fall ist es die ›Titanic‹ mit ihrem bis zum Überdruß dargestellten Orchester, das im Rhythmus der Meereswogen einen Walzer spielt. Nein, nicht der eiserne Rumpf des Ozeanriesen geht bei Henryk O. in die Tiefe, sondern die Phantasie. Deshalb muß auch niemand seinen Psychotherapeuten anrufen, wenn er sich diese Ausstellung angesehen hat; die Phantasie gehört schließlich allen und niemandem.

Eins möchte ich noch sagen: Ich hörte, wie ein Besucher der Galerie ›Pelikan‹, der zufällig mit mir die Zeichnungen betrachtete, ein Mann von vielleicht dreißig Jahren in grüner Militärjacke, seiner Freundin, die er die ganze Zeit an der Hand hielt, als fürchtete er, sie könnte ihm weglaufen, daß er diesem Mädchen (die auch einen grünen Umhang trug, ganz bestimmt Pazifisten, dachte ich, nur die tragen Uniform), beiläufig ein Wort sagte, nämlich »Surrealismus«. Ich habe damals geschwiegen und bereue das heute. Mein Schweigen war etwas überheblich, ich dachte mir, ich werde mich ja ohnehin gedruckt zu Wort melden, werde eine ausführliche Ausstellungsbesprechung schreiben, die Redaktion kürzt meine Beiträge zum Glück nie, deshalb sagte ich nichts und behielt mir nur das letzte Wort in diesem nicht erklärten Meinungsstreit vor, aber im nachhinein halte ich das für falsch, denn händchenhaltende Pazifisten lesen bestimmt diese seriöse – bürgerliche – Zeitung nicht und werden daher auch von diesem meinem Urteil über die Zeichnungen Henryk O.s und ihr Verhältnis zu der als Surrealismus bezeichneten Kunstrichtung nichts erfahren.

Ich spreche dennoch zu dir, Dreißigjähriger in der grünen Jacke. Die Zeichnungen des polnischen Künstlers haben mit den Bildern der heutigen Generation von Postsurrealisten nichts gemein, sie sind Geschöpfe einer lebhaften, lebendigen, ironischen Phantasie, die Krumen von Wirklichkeit verschlingt – unter den Sinkenden ist auch jemand, der als Parteifunktionär der mittleren Ebene gelten könnte, ein trauriger Mann, dem man das Fehlen einer unsterblichen Seele nur allzu deutlich ansieht –, einer unabhängigen Phantasie, die keine ausgetretenen Assoziationspfade nachläuft. Lieber Freund in der Militärjacke, ich bin dreiundsiebzig Jahre alt – obwohl man mir sagt, ich sähe aus wie sechzig –, und der Surrealismus ist für mich etwas, dessen Geburt ich aus nächster Nähe mit angesehen habe. Ich hatte das Glück, in den dreißiger Jahren viele Monate in Paris zu verbringen, das damals von Pazifisten wimmelte, und die Eruption der Phantasie einiger talentierter Dogmatiker mitzuverfolgen. Als ich dann nach Berlin zurückkam, das von Soldatenuniformen wimmelte, war ich bemüht, mir die immer strenger verbotenen Veröffentlichungen über zeitgenössische europäische Kunst zu beschaffen, obwohl es keine günstige Zeit für ästhetische Interessen war, und ich beobachtete bekümmert, wie die Einbildungskraft sich in Moral verwandelte, denn anders kann man die Versteifung der Phantasie, ihre Verkrustung in aufgezwungenen Tropen, Themen und Figuren ja wohl nicht nennen.

Henryk O. dagegen nimmt den Surrealismus auf den Arm; eine seiner Katzen sieht aus wie ein wahrhaft surrealistisches Tier, aber gerade diese Katze sinkt mehr als andere. Die obligatorischen traurigen Muscheln, die verloren am Meeresstrand liegen, gibt es bei ihm nicht, auch keine Uhren, die an quälenden Hautkrankheiten leiden. Seine Phantasie ist ironisch, das heißt, sie weiß: Alles, was in der Kunst erscheint, wird schon bald nicht mehr existieren, das ›ist‹ in der Kunst ist ganz kurzlebig, es dauert kaum eine halbe Sekunde, und das ist kein Unglück, denn dem Becken der Phantasie entspringen sogleich neue Themen und Ideen, wie Delphine dem Aquarium.

Die Phantasie reißt Fetzen aus der Wirklichkeit, sie verhält sich wie ein einsamer Wolf, der ein vorher ausgesuchtes leckeres Schaf in den dunklen Wald schleppt, aber doch nie die ganze Herde auffressen kann.

Die Phantasie ist unwirklich, lieber unbekannter Pazifist, und gerade dadurch bewahrt sie sich ihre Freiheit, ohne sich übrigens im geringsten um sie zu sorgen. Nur der sorgt sich um seine Freiheit, der sie verloren hat.

Eben deshalb ist es eine so schwere, unverdiente Beleidigung für einen Künstler, seine lebendige Phantasie als surrealistisch zu bezeichnen.

Ich fürchte, ich werde zu abstrakt. Meine vierzigjährige Tochter, der ich diesen Text gezeigt habe, bevor ich ihn in Druck gab, teilt diese Befürchtung, vor allem ist sie nicht sicher, ob mein junger Unbekannter, der wie der Soldat einer noch nicht existierenden Armee gekleidet ist, diesen Artikel – einmal angenommen, daß meine Worte ihn überhaupt erreichen –, diese Sätze wirklich genau lesen wird, besonders, wenn sie ihm abstrakt vorkommen, das heißt ein wenig subtiler als das Feuilleton in seinem ultralinken, auf Recyclingpapier gedruckten Blättchen. Jetzt beleidige ich ihn im voraus.

Meine Tochter – sie arbeitet an einem unserer Theater, spielt nicht immer erstklassige Rollen – kennt sich in diesen Fragen ganz gut aus, denn das arme Mädchen steht genau dort, wo die Lager der Jungen und der Alten aneinandergrenzen; sie würde mich auslachen, wenn ich ihr das ins Gesicht sagte, denn sie fühlt sich noch ganz, ganz stark den Jungen zugehörig, sie kleidet sich nach ihrer Mode, verkehrt in ihrer Gesellschaft, duzt jedermann gleich beim ersten Kennenlernen, aber manchmal übernimmt sie, so ganz nebenher, ja, ohne sich dessen bewußt zu werden, die Funktion eines Dolmetschers und erklärt mir etwas, das von den Jungen gesagt, gemalt oder gedacht wurde, wobei sie ein unwilliges Gähnen unterdrückt. Ich nehme dann die gewährte Interpretation ergeben zur Kenntnis und verkneife mir das Lächeln, das mir auf die Lippen will, denn dieser kleine Akt der Untreue belustigt mich jedesmal aufs neue; Untreue, weil sie mir doch ein Geheimnis jenes Lagers verrät und dadurch, daß sie überhaupt in der Lage ist, in einer mir, einer alten Frau, verständlichen Sprache zu sprechen, zugleich die Verwandtschaft mit meinem Lager eingesteht.

Edith also ist der Meinung, ich redete ins Blaue, ich könnte mit dieser endlos langen Rezension niemanden interessieren, überzeugen oder auch nur ärgern, nur dein polnischer Zeichner, sagte sie spitz, wird seine östliche Sparsamkeit einmal überwinden und vier Exemplare der Zeitung kaufen, er wird denselben Artikel viermal ausschneiden und ihn ganz stolz mit in die Heimat nehmen. Denn du lobst ihn doch über den grünen Klee, Mama. Nein, Edith, habe ich gesagt, du wirst sehen, er bekommt seine bittere Pille noch, keine

Angst, ich werde Wort halten. Aber zunächst will ich ihn noch ein bißchen loben, denn er hat in mir, nachdem der erste Augenblick unschlüssiger Trägheit vorüber war, eine ganz energische ästhetische Zustimmung wachgerufen, ich habe mich eine Weile sogar wirklich gefreut, als ich den fröhlichen Alptraum des sinkenden Schiffes, diese unschuldige, idyllische Katastrophe betrachtete.

Woher hat er das, habe ich mir überlegt. Es gibt zwei Antworten. Die erste, gehobenere lautet: aus der Phantasie, die frei und allmächtig ist. So habe ich geschrieben und lasse es auch stehen. Aber wenn man schon so einen glatten Satz geschrieben hat, möchte man, ohne diese wichtige These im mindesten zurückzunehmen, gleich auch eine menschlichere, eine fraulichere Frage beantwortet wissen: Wo hat er das gesehen, wo hat er es gehört? Wenn in den Ländern Mitteleuropas jemand mit einem Netz Zitronen die Straße entlanggeht, so erzählt man, dann fragen die Passanten ungeniert: Wo haben Sie das bekommen? Und von Gustav Mahler weiß man, daß er als Kind in der Nähe einer Kaserne wohnte und unter den Fenstern der elterlichen Wohnung oft Militärkapellen vorbeizogen; unter anderem deshalb ist am Anfang der II. Symphonie dieser große Marsch zu hören, der die längste Straße der Welt durchzieht und jeweils die Färbung der Gegend annimmt, durch die er gerade kommt. Ich stelle mir manchmal vor, das könnte der New Yorker Broadway sein, der ja so ganz unterschiedliche Viertel wie Harlem, das Universitätsviertel, die Wohnghettos der russischen, italienischen und chinesischen Emigranten durchschneidet; das Lachen und Weinen von Kindern, Gespräche zwischen Professoren, das Wecklied der Tatarenpfeifen (das ist wenig wahrscheinlich, ich weiß, aber irgendwo dort unten in Manhattan wird man vielleicht doch auf eine verirrte Reiterabteilung aus der Nachhut des großen Dschingis Khan stoßen; die heruntergekommenen, übellaunigen Reiter auf der Suche nach leichter Beute und ihre kleinen, abgezehrten, halbtoten Pferdchen), ein Leichenzug von Schwarzen, angeführt von einem betrunkenen Trompeter, dem ein elfjähriger Junge hinterhertrottet, eine riesige Trommel vor dem Bauch, wie einen Vorboten der eigenen Leibesfülle in fünfundzwanzig Jahren, dann eine Mädchengruppe aus dem Kinderheim, eskortiert von zwei Nonnen in pyramidenhohen Hüten und so weiter und so fort.

Ich möchte wetten, daß Henryk O. nie gesunken ist, daß er sich also weder auf der Titanic, noch auf der Andrea Doria, noch auf irgendeinem anderen Unglücksschiff befunden hat, er ist weder gesunken noch versunken, zum Glück, ganz gewiß. Aber es gibt da etwas, das wohl aus der Kindheit stammt, ich denke hier an die Kindheitslektüre, an die Bücher Jules Vernes und ähnliche, mit ihren zahlreichen Katastrophen, die einem Kind, das in der Stadt aufwächst, die richtigen Abenteuer mit dem richtigen Wind, Meer und Wald ersetzen. So ein empfindsamer kleiner Leser wird diese Lektüre bis an sein Lebensende nicht vergessen, und wer weiß, ob die wirklichen Unglücksfälle, die er später, als Erwachsener, miterlebt, auch so erschreckend auf ihn wirken wie jene auf den Seiten der Kinder- und Jugendbücher. Ich glaube nicht; sicher, ein richtiger Brand wird ihn aufregen, aber ich bezweifle, ob er dabei die gleiche elementare Angst empfindet wie einst, an einem stillen Nachmittag im Winter, als auf der Straße die Schaufel zu hören war, die den eben gelieferten Koks in den Keller schippte und jemand lässig vor sich hin pfiff, als säuberte er seine Kehle vor dem Frühling, und als gleichzeitig eine düstere Wasserwand, die bestimmt so hoch war wie das stattlichste Mietshaus in London, mit unglaublichem Getöse über dem zerbrechlichen Deck der Brigg zusammenschlug. Davon bin ich um so fester überzeugt, als so ein sensibler kleiner Leser schon bald noch eine andere Wahrheit entdecken wird: Lesen kann man nämlich im Grunde nur Bücher, die Wirklichkeit ist fast unlesbar, sie ist verschwommen, undeutlich, zu üppig, ewig angeschwollen, verwachsen, so dick wie das Eis der Antarktis.

Ich bin nur auf einen Graphikzyklus eingegangen, der Ordnung halber weise ich darauf hin, daß es daneben noch zwei andere gibt – ›Singvögel‹ (dies sind Zeichnungen, in denen Vögel, Instrumente und Menschen sich gewissermaßen gegenseitig durchschimmern, durch einander singen) und eine Serie unter dem Titel ›Die Reise ins Heilige Land‹, wobei unter dem Heiligen Land hier verschiedene organische und anorganische Dinge verstanden sind, die unglaublich hell glänzen; manchmal schlafen sie unter dem schützenden Blick des Künstlers, mitunter erwachen sie zum Leben und fragen nach der Uhrzeit oder danach, ob ein Wochentag oder Sonntag sei.

Ich hatte versprochen, etwas zu rügen: Gelegentlich kommt mir der Strich von Henryk O. zu dünn vor. Im allgemeinen ist er so, wie ich es mag, das heißt leicht zitternd, weich aufs Papier gelegt, nicht eindeutig, so wie die seismographische Aufzeichnung eines ganz leichten Erdbebens. Bisweilen aber ist es so, als eilte die Idee der Zeichnung voraus, als gehorchte die Ausführung mehr dem Gedanken denn der Hand, und immer dann verliert der Strich – in bestimmten Fragmenten – seine freie Schwingung und wird vom Einfall geführt wie der Blinde von seinem Hund.

Abschließend muß ich mich selber rügen. Wie soll ich es sagen. Und weshalb ausgerechnet heute, gerade bei der Besprechung der Arbeiten unseres Gastes aus dem Osten. Irgendwann einmal muß man es tun, wenn man es zu sehr, zu lange hinausschiebt, kommt man vielleicht nie dazu. Ich bin nicht mehr die Jüngste. Das sage ich auf die Gefahr hin, daß ich es vielleicht bereue und daß Edith wütend auf mich wird. Die Jüngste bin ich nicht mehr. Ich habe wohl an die dreitausend Kritiken geschrieben. Ich habe das, man glaube mir, immer voller Zuversicht und Enthusiasmus und in dem heißen Wunsch getan, das Kunstwerk, über das ich schrieb, einzuholen. Mein Ehrgeiz trieb mich immer, so zu schreiben, als wäre jetzt die einzige derartige Gelegenheit, etwas Außergewöhnliches zu machen, ja, etwas Künstlerisches zu schaffen. In meinem Übermut war ich nicht selten überzeugt, ich überträfe mit meiner Arbeit sozusagen das, was die Künstler, die ich rezensierte, erreicht hatten.

Diese unscheinbaren oder auch allzu scheinbaren, pittoresken Herren Bildhauer und Herren Maler in ihren farbbekleckerten Kitteln, sie sind doch meist ziemlich naiv und geschwätzig, Sachwalter der Spontanität, nette Jungs, aber doch keine Genies; sie produzieren beinahe so, wie die Spinne ihr Netz erzeugt, abhängig vom Bau der Hand, von der Struktur der Augäpfel, davon, was gerade als schön gilt, von ihrer alkoholerregten Phantasie. Und ich, die ich gebildeter und älter bin als sie, nehme mir ihre fertigen Arbeiten, gebe meine Intelligenz dazu, verschmelze sozusagen die Produkte ihrer geschickten Finger zu einem Text und erschaffe auf diese Weise etwas Neues, etwas, das über jene Dinge hinauswächst, weil es den Zeichenkartons und Leinwänden das Samenkorn des Intellekts einpflanzt. Und wie groß ist die Enttäuschung, wenn ich mir nach einem Monat, einem halben Jahr eine meiner Rezensionen wieder ansehe und weiß: Wieder ist es nicht geglückt. Du bist eine Journalistin, sage ich mir, nicht die schlechteste, noch ganz schön aufgeweckt für diese törichten Zeiten, aber nicht mehr; was du schreibst, wird nicht bleiben. Und doch ist diese Illusion in mir so ungewöhnlich stark (sie hat die Raubgier von Unkraut), daß ich sie nicht ganz ersticken kann, ich würde wahrscheinlich diese meine Stückchen einfach nicht schreiben, wenn ich nicht, ganz töricht, an ihr ›mehr‹ glaubte, an ihre Fähigkeit, über die Ränder des Gefäßes zu fließen. Diese Illusion ist der Köder, auf den ich immer wieder hereinfalle, obwohl er schon so oft demaskiert und der Lächerlichkeit preisgegeben wurde. Sie ist in mir lebendig. Aber sie bleibt eine Illusion und betrügt mich ständig aufs neue, führt mich von der Hoffnung zur Verzweiflung.

Und als ich diesmal die Zeichnungen von Henryk O. betrachtete, habe ich mir gesagt – jetzt oder nie. Schwing dich auf von diesen Zeichnungen und mach mehr aus ihnen, sagte ich mir, befahl ich mir streng und sanft zugleich. Und ich saß zwei Tage lang, trank meinen Lieblingstee und arbeitete wie eine Besessene, und wieder hatte ich die große und verführerische Hoffnung, wieder lief ich und tobte und schmachtete, obwohl ich auch nicht mehr die Jüngste bin. Zwei Tage lang lebte ich in den Wolken meiner Arbeit, im Nebel meiner Sätze und Vergleiche, ich kämpfte wie eine Löwin, wirklich, ich dachte, diesmal würde ich es schaffen, die zweite Geschwindigkeit erreichen, etwas Dauerhafteres erbauen. Als ich die Arbeit beendet hatte und diesen Text nach einigen Tagen wiederlas, den Bleistift in der Hand und Grausamkeit im Herzen, wußte ich, es war wieder nichts, wieder nicht das, vielleicht gelingt es mir nie. Ich weine, Edith, lach nicht, ich weine.

21

Die Sonne schien, und die fast blätterlosen Bäume zitterten wie gerupfte Krähen im kalten Wind. Alle Bäume zitterten wie Espen. Sie waren leicht, und ohne den Starrsinn der Wurzeln hätte man sie von Ort zu Ort bewegen können wie die Steine im Damespiel. Die Vögel, jene, welche durch die ganze Welt reisen – worin sie den Opernsängern ähnlich sind, die von Mailand nach New York, und von dort nach Paris und München ziehen – waren schon lange davongeflogen, Stille herrschte in der Luft, die Abenddämmerung kam vollkommen lautlos, sie brach immer früher ein, violett vor Kälte, und manchmal feucht vom ganztägigen Regen. Hartnäckige Läufer, die immer noch joggten, zogen sich immer wärmer an, liefen immer schneller und atmeten immer lauter und leidender. Die Menge, die durch die Straßen trieb wie ein ins Unendliche gezogener Hefeteig, gewann langsam Lust und Bereitschaft, zu einer Festtagsmenge zu werden, obwohl bis Weihnachten noch viel Zeit war. Dennoch gingen in einigen Kaufhäusern schon die Lämpchen an, leuchtend wie die neugierigen Augen jenes Engels von niederem Rang, der am 24. Dezember die Geschenke bringt und sie diskret unter die Fichten- und Tannenzweige legt. An den Fußgängern sah man jetzt die gleichen Windjacken und Mäntel, die es in den Warenhäusern gab, und das war komisch, denn in meinem Teil Europas stammt die Kleidung nie aus den Kaufhäusern.

In die Eingänge aller Geschäfte drängte die Menge, die aus Hunderten und Tausenden von Familien bestand, und diese Familien wieder bestanden aus immer gleichen, ungeduldigen Vätern, die in Apathie verfielen, sobald sie ihr Auto auf dem Parkplatz gelassen hatten, aus drallen Müttern und zwei Kindern, die lautstark gegen die Sachen protestierten, die ihre Eltern ihnen kaufen wollten.

Da es schon um vier Uhr nachmittags dunkel wurde und dazu Nebel aufstieg, dicht wie Waschmittel, ein Nebelsirup, kam fast alles Licht irgendwo von unten, aus den Kellern, aus purpurroten Pfützen, die den Schein der Neonleuchten und Straßenlaternen, gehorsam wie der Mond, widerspiegelten. Ich mochte nicht dieses Licht, nicht diese bedrohlich phosphorisierenden Bürgersteige, nicht die leuchtenden Fußgänger, immer wieder war ich unangenehm überrascht, wenn eine der Familien aus dem Nebel auftauchte. Die Familien glichen einander und vervielfältigten unnötig ihre sympathischen Spiegelexistenzen, so daß man sie geradezu hätte zählen und endlich ermitteln wollen, wieviele es gab und geben wird. Ich ging um diese Zeit nicht gern aus dem Haus, die Spaziergänge verloren in dieser Jahreszeit jeden Sinn, nur der kurze Augenblick vor Einbruch der Dunkelheit, die wenigen Minuten erschöpfter Dämmerung, wenn die Bäume plötzlich erstarren und die Tropfen auf den Fernsprechleitungen innehalten, hätten mich noch auf die Straße locken können, wenn ich ein Ästhet wäre, aber ich mußte schließlich auch an die Einkäufe denken, ich kochte selbst, und der Morgen war mir zu schade für rein praktische Tätigkeiten, morgens zeichnete ich. Daher war ich doch gezwungen, nachmittags in die Stadt zu fahren, nach langen und unangenehmen Vorbereitungen – langen und unangenehmen, denn nach stundenlanger Arbeit über den quadratischen Zeichenkartons, wenn es mir gelungen war, die zerbrechliche Welt der Linien und Schatten ein ganz klein wenig in meine Gewalt zu bekommen, verlor ich zugleich die Herrschaft über die reale Welt, und es kostete mich lächerlich viel Zeit, die Sachen, die ich zum Ausgehen brauchte, zusammenzusuchen, manchmal strich ich eine Stunde sinnlos durch die Wohnung und sammelte die Bruchstücke der realen Wirklichkeit ein, das altersdunkle Portemonnaie, die Schlüssel, Schal und Mütze.

Gleich darauf grüßten mich die purpurroten, glänzenden Pfützen mit ihrem boshaften Zittern, und die zum Einkauf marschierenden Familien ließen mir kaum Platz auf dem Bürgersteig. Bisweilen verhakten und verknäulten sich einige Familien, die sich nicht einmal kannten, so sehr, daß ein dichter und fester Knoten entstand, der aus lauter Abneigung gegen uns Alleinstehende keine Einzelpersonen durchließ.

Eines Nachmittags, als ich sogar weiter hinaus wollte als normalerweise, nämlich bis ins Zentrum, sah ich in der U-Bahnstation Zygmunt (beziehungsweise Stefan), der etwas entfernt von mir auf- und abging. Er trug eine dicke karierte Jacke und einen schwarzen Hut. Ob er mich sah oder nicht, kann ich nicht sagen, denn andere Menschen standen zwischen uns. Ich war nicht darauf aus, ihn zu begrüßen, ich hatte kein Verlangen nach ihm. Wir stiegen nicht in denselben Waggon, und doch tauchte Zygmunt an der Station, an der ich die U-Bahn verließ, wieder auf. Die Entfernung zwischen uns blieb unverändert. Ich spürte, daß er mich sah, daß es auch ihm gewissermaßen bequemer war, mir nicht zu nahe zu kommen. Aber es kam ein Moment, auf der Rolltreppe, auf der wir uns beide befanden, nur daß er weiter unten stand als ich, da hörte ich, wie er mir etwas zuflüsterte. Das war außerordentlich seltsam, ja ergreifend, denn er war zu weit entfernt, als daß seine geflüsterten Worte mich hätten erreichen können. Und ich hörte sie doch. Wir beide waren von Türken und Deutschen umringt, denen die polnischen Worte ohnehin unverständlich waren, deshalb wunderte sich gewiß niemand, als er die Luft säuseln hörte. Zygmunt fragte mich, ob ich heute meinen Paß bei mir hätte. Er sagte sogar, glaube ich, »deinen hübschen Paß«.

Nach einiger Zeit fiel mir noch jemand auf, der mir ebenso vertraulich wie Zygmunt Gesellschaft leistete. Es war ein Grieche, ein Freund des Malers, mit dem zusammen ich in der Galerie ›Pelikan‹ ausgestellt hatte. Ich hatte ihn auf der Ausstellungseröffnung kennengelernt, und wir waren beinahe Freunde geworden. Er beschäftigte sich ernsthaft mit Astrologie, fragte mich nach Datum und Uhrzeit meiner Geburt, sah mich dabei ergriffen an und sagte, ich sei ein sehr interessanter und schwieriger Fall, er zeichnete mir sogar die Sternkarte meines Schicksals auf. Er wollte mir nicht alles sagen, und ich reagierte etwas ironisch auf seine Erklärungen, obwohl ich seine Sympathien erwiderte. Und jetzt war er hier aufgetaucht, auf derselben langen Rolltreppe, nur höher, über mir, ohne mich anzusehen stieg er in die Höhe, und so fuhren wir zu dritt, ruhig, zwischen fremden Atemzügen, fremden Mänteln und Aktentaschen. Da fragte ich den Griechen, ob er an die Sterne glaube; mehr als an den lieben Gott, erwiderte er und sah mir in die Augen. Er hatte dunkle Augen, so dunkel, dachte ich, wie die schwarzen Löcher im Weltall. Er blieb einige Stunden bei mir, wie ein Arzt, der sich nicht von einem Patienten mit einer seltenen Krankheit trennen kann. Ein schöner Fall, wiederholte er immer wieder, Merkur, Mond, Sonne, eine seltene Konstellation. Und ich fühlte mich sowohl geschmeichelt, denn ich glaubte ja, daß etwas Geheimnisvolles an meinem Schicksal ist, als auch beunruhigt, denn ich las dem Griechen in den Augen, daß er sich Sorgen um mich machte, so als wäre ich bedroht. Er wollte mir aber um keinen Preis verraten, was das für eine Gefahr sei. Der Mond, murmelte er nur, der Mond kommt zu nahe, und zwar schon bald, aber hab keine Angst, vertraue mir. Seine Worte klangen nicht heiter, ich war deshalb beunruhigt, und später träumte ich von ihm, seine dunklen Augen glühten fürchterlich, in der Rechten hielt er einen kleinen, vollkommen runden Mond, der aussah wie die straff in einen Elastikverband gewickelte Erdkugel.

Ich wollte meine geisterhaften Begleiter, die nicht von mir ließen, abschütteln, und ging daher sofort zum fünfzig Meter entfernten Eingang der U-Bahn und stand wieder auf einer Rolltreppe, diesmal abwärts fahrend. Als ich schon fast unten war, drehte ich mich um, um zu sehen, ob sie da waren, weiter oben. Sie waren es, näher sogar als zuvor, Zygmunt richtete den Blick achtlos in die Höhe, und hinter ihm stand der Grieche, die Arme auf der Brust verschränkt.

Ich kehrte auf die Straße zurück. Ich war – vielmehr wir waren, meine Beschützer darf ich nicht vergessen – im Zentrum eines Einkaufsviertels. Die Dämmerung brach ein, hoch am Himmel zog ein gigantischer Krähenschwarm, aufgeteilt in Esquadronen und Schwadronen, zu seinem Nachtlager. Zehntausende Flügel verdunkelten den ohnehin schon blassen, beinahe verschwundenen Himmel noch mehr. Die Pfützen warteten schon darauf, die Rolle des Mondes zu übernehmen. Die Neonleuchten blinkten unverfroren, ihre Verständigungssignale, die stumm und doch so grell waren, als wären sie auch für Blinde gedacht, deren Netzhaut für bestimmte starke Lichtreize empfänglich ist, schufen ein ganzes Netz geheimen Einverständnisses. Die Familien kamen heute nur langsam voran, die Väter mit hängenden Köpfen führten große Herden von Vettern und Kindern an, von denen fast jedes ein glänzendes Geldstück in der Faust hielt, sicher in dem festen Vorsatz, es nicht auszugeben. Wenn einem der Kinder die kleine Münze aus der Hand fiel, hörte man ein leises metallisches Geräusch, der Zug hielt kurz an, schnell war der Vater dort, wo das Vergehen begangen ward, beugte sich über den Gehsteig und ließ den Blick suchend über Steine und Pfützen schweifen. Dann glitt seine Hand wie ein Haubentaucher nach unten, tauchte wieder auf, und in seinen Fingern glänzte triumphierend das Geldstück. Der Vater drohte dann dem Kind, das den Schatz verloren hatte, und kehrte schnell auf seinen Platz zurück. Andere Familien warteten geduldig, in einer Anwandlung von wirklich seltener Solidarität, voll Verständnis für die Bedeutung des Augenblicks, und setzten ihren Marsch erst dann fort, wenn die Gestalt des Haubentaucher-Vaters sich wieder aufgerichtet und an der Spitze der Sippe eingefunden hatte, wie eine Papptaube auf dem Schießstand.

Einige Gruppen verließen bereits die Kaufhäuser und zerstreuten sich vor den Parkplätzen, auf denen die bunten Autos schliefen, andere wuchsen immer noch, wuchsen immer bedrohlicher, sogar die Kinder, trunken von der Straffreiheit, die ihnen die starken, wenn auch geistesabwesenden Väter garantierten, gingen dreist daran, vereinzelte Passanten zu quälen. Doch genug davon, es liegt mir fern, das weinerliche Klagelied des Alleinstehenden anzustimmen. Nicht das war das Schlimmste an diesem Nachmittag. Als ich endlich den breiten, von kräftigem Luftstrom durchblasenen Eingang des Kaufhauses erreichte, dachte ich, ich wäre gerettet. Zwar konnte auch das violette Licht der Lumineszenzlampen meine drangsalierten Nerven nicht besänftigen, aber es wird schon eine Erholung für mich sein, so dachte ich, daß die Familien innerhalb der Kaufhäuser die auf der Straße geschlossenen Bündnisse auflösen, weil sie dann jede für sich die einzelnen Stände belagern, die Geldbörsen zücken und nach billigster und zugleich erstklassiger Beute suchen. Ich gebe zu, daß ich meine Beschützer oder auch Verfolger für einen Augenblick vergessen hatte. Die erste Hoffnung erfüllte sich, denn die Familien verliefen sich tatsächlich in allen Richtungen, man hörte förmlich ihre freundschaftlichen Bande reißen, an ihre Stelle traten Neid und Mißmut. Die Familien wurden zu dem, was sie wirklich sind, nämlich zu erbitterten Bastionen der eigenen Bequemlichkeit. Angenehmen Bastionen.

Ich ging zur erstbesten Rolltreppe. Trotz allem war ich entschlossen, meine bescheidenen Lebensmitteleinkäufe zu tätigen. Ich brauchte für morgen Brot, Butter, Käse, Olivenöl, Äpfel und Stachelbeermarmelade. Die Lebensmittelabteilung befand sich im obersten Stockwerk, wie das Kapitell auf einer dorischen Säule. Die Kämme der fleißigen Treppen hievten mich auf dieses Kapitell, in den Magen des Kaufhauses. Auf großer Fläche befanden sich dort die Fischstände; geräuschlos bewegten sich Störe, Hechte und Flundern in gläsernen Aquarien, ihren Todeszellen. Die Krebse benahmen sich, als hätten sie noch zweihundert Jahre zu leben. Auch die Schildkröten hatten es mit dem Sterben nicht eilig, sie schwebten im grünen Wasser wie im leeren All. Der Aal schlief. Austerngeschlechter. Fischfilets, schon bewegungslos. Garnelenschwärme, noch voller Lebenskraft. Thunfisch, schon in Stücke geschnitten. Das pastellfarbene Innere der Ozeanfische. Dann wuchs das Fleisch, es wurde dunkler, statt der Fische erschienen Kälber und Schweine, Tausende Schinken, dick wie die Beine der strammsten Athleten. Koteletts, Koteletts, Koteletts. Rouladen, Eisbein, Schnitzel, Pasteten. Gefrierfleisch, reifbedeckt. Die Gipfel des Himalaya. Unsere Freunde, unsere organischen Freunde, sie waren verraten worden. Im Schlachthaus überrumpelt. Plural, rot. Die Verkäuferinnen genierten sich gleichsam ein bißchen ihrer eigenen Fleischlichkeit, angesichts solcher Fleischalpen mußte man die Grenze zwischen tierischem und menschlichem Eiweiß um so entschiedener ziehen. Die Fische erweckten keinerlei Mitleid. Wohl aber sie, die Verkäuferinnen in weißen Schürzen, die täglich mit dem allerbesten Waschmittel Marke »Interior« gereinigt wurden. Unsere Freunde klagten nicht. Trockenwürste, Pergamenten ähnlich, über die einst irische Benediktinermönche das graue Haupt beugten, retteten das Ansehen der Fleischabteilung. Der Abteilung des Verrats. Hackfleisch, wie Regenwürmer. Rauchfleisch, wie Samt. Unsere gemahlenen Freunde. Die Würstchen ähnelten den Ketten, mit denen man Weihnachtsbäume dekoriert. Tief in das Kaiserreich des Fleisches drang Kaffeeduft. Nachbar des Fleisches war der Kaffee. Man konnte den Punkt abstecken, an dem sich die Düfte des Schinkens und des Kaffees vollkommen das Gleichgewicht hielten. Ein halber Schritt zum Kaffee hin entfernte dich schon vom Fleisch. Um den Kaffee zu vergessen, brauchtest du nur den Kopf in Richtung unserer gewesenen Freunde zu neigen.

Große Mühlen mahlten den Kaffee immerfort. Im Schatten des Kaffees stand der Tee. Er stand, saß, lag, in Dosen, Päckchen, Tüten, Gläsern, bauchigen Beuteln. Der Geist, der den im hier aufgehäuften Tee gespeicherten Genius ganz in sich aufnähme, würde eine Göttliche Komödie schaffen. Von Rot bis Gelb. Von Traum zu Traum. Ich hätte nicht wetten mögen, daß es das alles wirklich gab. Besonders die riesige Voliere mitten in der Lebensmitteletage, die von einem gläsernen Dach gekrönt war. Hunderte von Vögeln kreisten zornig unter dem Gewölbe, die Papageien fluchten, und die Kolibris verrührten fleißig die Luft. Die ungenießbaren Vögel waren in der Überzahl, das zeugte wohl von der Uneigennützigkeit der Händler. Dem Reifen ist das Reifen unerträglich. Einige der stattlichen Käse waren auch nicht mehr eßbar; fast ganz grün, fingerdick mit Schimmelpilz bedeckt. Auch sie zeugten von der Uneigennützigkeit der Händler, die bereitwillig Dinge ausstellten, die sich nicht verkaufen ließen, ja die sogar Aphorismen feilboten. Abends konnte man sie sehen, die Kaufleute, wie sie mit kältegeröteten Wangen auf einem zugefrorenen See Schlittschuh liefen. Manchmal brach einer von ihnen ins kalte Wasser ein, und die anderen fuhren an den Rand des Eislochs und blickten entsetzt in die dunkle Öffnung. Dann wandten sie sich ab und liefen weiter. Die Schneekönigin drohte ihnen mit dem Finger. In nächster Nähe vergnügten sich die unschuldigen Kunden.

Hier aber, im obersten Stockwerk, in der Nähe des königlichen Vogelhauses, waren so gut wie keine Kaufleute zu sehen. Sie verbargen sich vor den neugierigen Blicken. Ab und zu nur tauchte einer von ihnen, im stahlblauen Anzug und beschlagener Brille, aus dem Raum auf, den man früher Kontor nannte. Heute gab es keine Kontore mehr, nur noch blankgeputzte Säle und pulsierende Elektronen, Elmsfeuer. Wären nicht die Politiker, so ständen die Kaufleute in der Hierarchie der menschlichen Arbeit ganz oben. Die Kunst besteht darin, aus einer Welt, die so weiträumig ist wie die Wiesen und Felder vor der Stadt, ein klitzekleines Päckchen zu schnüren. Die Kaufleute knieten auf diesem Paket, schwer schnaufend, sie halfen mit dem Knie nach und fühlten sich schon als die Sieger in diesem harmlosen Spiel, leider, denn es kam nur einer von den Politikern, nahm dem schweißbedeckten Kaufmann den kantigen, braunen Gegenstand ab und verringerte seinen Umfang innerhalb weniger Sekunden um die Hälfte, nahezu mühelos. Warum? Weil die Vertreter jedes Berufs, ohne daß die anderen es merken, ein Modell der Wirklichkeit erhalten, das mit gestrichelten Linien versehen ist. Diese Linien zeigen an, welche Bahnen die scharfe Schere unbesorgt ziehen darf. Oder zumindest die Faltstellen, wie bei einem Modellflugzeug. Die gestrichelten Linien kann man auch als den gemeinsamen Nenner der Dinge bezeichnen. Der gemeinsame Nenner der Politiker schlägt alle Rekorde in puncto Komprimiertheit, denn beherrschen kann man alles, und diese Fläche, egal ob es die der Liebe, eines Kunstwerks, des Menschen, der Rache oder eines botanischen Gartens ist, auf der verschiedenartige Macht sich ausbreiten kann, ist kleiner als alle anderen, kleiner übrigens auch als diese dünne Wand, die man kaufen und verkaufen kann. Ich weiß nicht, ob ich mich klar genug ausdrücke, aber versucht ihr einmal, im schweren Käsegeruch ganz durchsichtig zu denken.

Ich begebe mich daher in die Weinabteilung.

Flüchtige Geister sind in dunkelgrünen versiegelten Glasflaschen eingesperrt. Die, die da auf dem Päckchen knien, wissen nicht, daß man die Wirklichkeit zwar zusammendrücken und komprimieren kann, daß sie dann aber nicht mehr atmet. Sie erinnert dann eher an unsere gemahlenen Freunde. Irgendwo in weiter Ferne zerschellten in diesem Augenblick Flugzeuge und Hubschrauber. Die Weinflaschen aber, die viel zerbrechlicher sind, ruhten sicher auf den Holzregalen. Italienischer, französischer, spanischer Wein. Und deutscher. Roter, weißer und Rosé. Das Leben der Trauben nach dem Tode. Beneidenswert ist das Schicksal der Weinrebe. Zunächst wärmt sie sich im Sonnenschein, dann wird sie, nach kurzer Qual, zu einem Geist, zweiter Kategorie zwar, aber sie dauert, sie lagert und gewinnt im Laufe der Jahre immer mehr Respekt. Nüchterne Händler verkaufen Wein und sind darin wie Journalisten, die nicht an die Slogans glauben, die sie sich so zusammenschreiben.

Auf hohen Barhockern saß ein gutes Dutzend müßiger Personen und trank Wein. Ich verurteile niemanden. Ich zog breite Kreise und suchte in Eile nach Brot. Die Voliere war Achse und Kern der Etage, die übrigen Abteilungen wanden sich wie Schnecken um sie herum. Ich konnte den Backwarenstand nicht finden. Wieder geriet ich unter die Fische, obwohl ich gar kein Verlangen nach ihrer schweigenden, herzzerreißenden Gesellschaft verspürte. Dann wuchs wieder das Fleisch, und dunkle, unbewegliche Beefsteaks sonnten sich im Glühlampenlicht. Da ich nun so schnell das Brot nicht finden konnte, das sich in der Gegenwart derart extravaganter, aus allen Erdteilen eingeführter Waren – denn sogar die Äpfel kamen aus Neuseeland – bestimmt ganz bescheiden irgendwo versteckte und vor Kälte zitterte, da ich also nicht findig genug war, es zu finden, was blieb mir übrig, als fortwährend in der Menge um die essensschweren Regale zu kreisen. Die Menge grüßte sich selbst, die Familien, die in den unteren Etagen voneinander getrennt worden waren, vereinten sich jetzt mit Freudenrufen vor einem Haufen Kokosnüsse oder im Schatten der überlebensgroßen Kaffeemühle. Dieses Kreisen gefiel mir sogar, man glaube nicht, daß ich ein verschreckter Provinzler in der blendenden Pracht des Kaufhauses gewesen wäre, nein, was in mir zitterte, hätte in jedem Menschen gezittert, der fähig ist, die Einsamkeit zu ertragen und sie sogar willig zu genießen. Nur gerät man bisweilen an die Grenze der Einsamkeit, an die Mauer der Einsamkeit, hinter der sich noch unerforschte Gebiete erstrecken.

Allmählich vergaß ich meine Einkaufspläne. Das Kreisen sog mich immer tiefer in sich hinein. Das Kreisen und das Berühren von Gerüchen. Das Kreisen allein. Auch ohne Berührungen. Ohne Blicke. Das Gehen allein. Die weitläufige Etage war übrigens im Grunde für solche Menschen wie mich, die vereinzelt gingen, gar nicht geeignet. Vielköpfige Familien konnten hier einkaufen, deren angeborener Pluralismus an nahezu jedem Stand geeignete Nahrung fand. Nur das Vogelhaus mit seiner überreichen, bunten Federpracht schreckte die Erwachsenen ab. Kleine Kinder schmiegten sich an das Metallgitter, denn sie wußten noch nicht, wozu Vögel gut sind.

Auch meine Verfolger hatte ich vergessen. Und genau in dem Moment, da mir dies einfiel, sah ich Zygmunt zwei Schritte vor mir. Oder Stefan. Ihn hatte dieser Zusammenstoß wohl genauso erschreckt wie mich, denn er löste sich sogleich in der dichten Menge auf, und nur ein leises Flüstern, das ich nicht verstehen konnte, markierte seinen Fluchtweg. Ich hatte starkes Herzklopfen. Sofort entdeckte ich auch den Griechen, der mich aus einer Entfernung von einigen Metern, von irgendeiner Erhöhung aus, ansah, mit beruhigendem Lächeln, wie mir schien.

Ich erstarrte. Ich stand bewegungslos. Die Familien zischelten wütend, es gefiel ihnen nicht, daß da ein Vereinzelter so sehr im Wege stand. Junger Mann, wandte sich sogar eine ehrwürdige Dame im rötlichen Pelz an mich, junger Mann, die Dame betonte diese Worte ironisch, sie war sich meines Alters bewußt, wenn Sie schon unbedingt mitten in der Lebensmittelabteilung meditieren müssen, so machen Sie doch freundlichst Platz. Ich sah in ihr die Verkörperung meiner hundert vorwurfsvollen Tanten, nickte also und trat wirklich zur Seite, suchte Schutz an der Wand. Dort wiederum bemerkte ich einen Angestellten des Kaufhauses, einen von den Kaufleuten Gedungenen, der mich aufmerksam beobachtete. Vielleicht befürchtete man, ich könnte in Ohnmacht fallen und einen kleinen Skandal verursachen. Hotels von bisher unbescholtenem Ruf verdirbt ein Selbstmord das Renommée, im Kaufhaus genügt es, daß jemand in Ohnmacht fällt.

Wieder zog ich meine Kreise, nur diesmal voller Angst, jetzt wurde mein Kreisen zur Flucht, im Kreise. Ich kreise im Uhrzeigersinn. Im Sinn. Das war tröstlich. Es gab noch einen Sinn. Irgendeinen Sinn. Auch Uhren gab es, und sie gingen. In einem bestimmten Moment unterbrach ich mein Kreisen. Ich versteckte mich hinter dem Stamm eines künstlichen Orangenbaums, an dessen Zweigen unzählige echte Orangen, Bananen und Zitronen hingen. Ich legte mich auf die Lauer, um die beiden zu entdecken. Und ich entdeckte sie; sie gingen, durch einen unsichtbaren Faden verbunden. Kaum änderte Zygmunt (oder Stefan) ein klein wenig seine Marschrichtung, trat der Grieche ihm mit großer, übermenschlicher Anstrengung in den Weg, aber nicht im wörtlichen Sinne, denn er war einige Meter von ihm entfernt, sondern irgendwie anders, als verbände sie eine Glasstange; er stieß ihn weg, schreckte ihn ab, schob ihn beiseite. Da verstand ich, daß der Grieche auf meiner Seite war, daß er mich retten wollte, auch wenn irgend etwas ihn hinderte, ganz offen aufzutreten, ähnlich wie irgend etwas, ein anderes Hindernis, es Zygmunt-Stefan verbot, mich allzu deutlich anzugreifen. Sie beide mußten an diesem Tage ein außergewöhnliches Erkenntnisvermögen besitzen, denn ich spürte, daß sie, obwohl sie mich nicht sahen, doch genau wußten, wo ich mich vor ihnen versteckte. Sie mußten auch wissen, daß ich sie sah. Und das dauerte lange. Diese Bewegungslosigkeit. Der Stillstand der Jagd. Etwas Einschläferndes war in dieser Verzögerung. Die Angst wurde träge, sie ruhte aus. Wir standen so, daß jeder von uns die Spitze eines gleichschenkligen

Dreiecks war. Jene zwei wurden von den Mitgliedern einkaufender Familien angestoßen, ich war besser versteckt. Die Familien hatten es eilig, denn bis zur Schließung des Kaufhauses war nicht mehr viel Zeit, sie spießten sich sowohl auf dem Griechen wie auf Zygmunt (Stefan) auf; die aber standen ungerührt auf den Punkten, die von Kräften festgelegt waren, derer niemand von uns Herr war. Sie standen da, wie Felsenriffs auf dem Meeresgrund stehen. Wie ein Polizist im Herzen einer verkehrsreichen Kreuzung steht. Und die Familien, trotz der Wut, die in ihrer Nebennierenrinde tobte, teilten sich willig wie Stoff, der auf des Messers Schneide zerreißt. Und wir standen. Obwohl ich hier den Plural nicht gebrauchen darf, jeder von uns stand ganz für sich. Ich am meisten für mich.

Dank dieser langen, sehr langen Pause konnte ich ein wenig Atem schöpfen und mir die seltsame Situation durch den Kopf gehen lassen. Am besten abwarten, dachte ich. Ohne Warten erreicht man nichts. Ohne Geduld. Vielleicht werden sie es leid. Vielleicht erlischt der Strom, der sie antreibt. Vielleicht kann ich sogar noch meine Einkäufe machen und noch ein bißchen arbeiten, wenn ich nach Hause komme. Oder im Tagebuch von J. K. lesen. Zaghafte Hoffnungen gingen mir durch den Kopf. Abwarten. An etwas anderes denken. Im Geiste unser Dreieck, die wie Kanonenkugeln hoch aufgeschütteten Apfelsinen, die gereizte Menschenmenge, einen zigarrerauchenden stattlichen Kaufmann in der Ecke skizzieren. Im Hintergrund die Flügel der Vögel. Das Schweigen der Fische, das ich nicht zeichnen konnte. Ich sah auf die Uhr, leider war sie stehengeblieben, auch die Zeiger standen reglos. Wie unsere Dreiergruppe. Ich wußte nicht einmal, wieviel Zeit noch bis zur Schließung des Kaufhauses blieb. Das ist eine Zeremonie, die Schließung dieses Hauses. Bald würde sie beginnen. Die Reglosigkeit beruhigte meine Nerven. Ich war überzeugt, daß ich nicht gefährdet war, solange ich mich an den Stamm des künstlichen Baumes hielt. Das machte mir Mut. Ich erlaubte mir sogar eine kurze Unachtsamkeit. Als ich dann wieder in Richtung meiner Beschützer schaute, sah ich folgendes: Dort, wo sich bisher Zygmunt befunden hatte, standen jetzt zwei Männer, die sich zwillingshaft ähnelten, und besprachen sich fieberhaft. Ihre Gesichter unterschieden sich minimal, so wie ein Gegenstand, durch das linke und rechte Okular eines Fernglases gesehen. Sie waren identisch gekleidet, nur der Hut auf dem Kopf des einen war etwas verrutscht. Natürlich begriff ich sofort, daß ich endlich die beiden, Stefan und Zygmunt, vor mir hatte. Sie waren in ein Gespräch vertieft. Ich wurde ganz glücklich, so wie immer dann, wenn die Feder, mit der ich zeichne, ihre übliche Unbeholfenheit verliert und frei übers Papier gleitet.

Wenigstens ein Rätsel war gelöst. Zwei Männer mittleren Alters, beide in karierten Jacken mit hochgeschlagenen Krägen und identischen fleischigen Nasen, auf denen der gleiche oder gar ein und derselbe rote Fleck sich abzeichnete, wie die Druckspur eines Kissens oder die Schminke einer Frau, das Souvenir eines flüchtigen Kusses. Das konnte ich nicht genauer feststellen, ich beobachtete die beiden Herren ja aus einer gewissen Entfernung. Einer von ihnen sah sich unterdessen wachsam und mißtrauisch um; als er meinen Blick, mehr noch, mein spöttisches Lächeln traf (das ich nicht rechtzeitig beseitigen konnte), versteinerte er. Jetzt spielte sich eine rein optische Erscheinung ab. Die beiden Männer näherten sich einander, unendlich langsam, so als wollten sie keine Nervosität verraten, ihre zwillingshafte Würde bewahren, und überlagerten sich, verschmolzen zu einem soliden Ganzen. Vor mir stand wieder Zygmunt (Stefan), in all seiner spärlichen Pracht, ein etwas unsicheres Lächeln auf den Lippen, das wohl die Schlußphase der Vereinigung Stefans mit Zygmunt kennzeichnete.

Jetzt erst warf ich einen Blick auf den Griechen. Entsetzen zeichnete sich in seinem Gesicht, eine Schreckensfratze, wie sie wohl die Züge eines Geistlichen verzerren mag, der dem Teufel begegnet. Es schwieg und schwieg. Es dauerte. Es erstarb das Leben im Kaufhaus. Die Stimmen verstummten. Manche Prophezeiungen gehen in Erfüllung. Andere nie. Zwischen uns strömte ein Fluß. Schnell und entschlossen, mehr Windhund als Grafiker, stürzte ich zur Rolltreppe, die in ihrer blechernen Sprache immer noch rauschte wie ein Wasserfall. Hinter mir verwunderte Weidmänner, die von der Jagd kamen, den Hasen oder das Rebhuhn auf die Ledertaschen geschnallt. Eine Verkäuferin vielsprachiger Presseerzeugnisse versäumte nicht, mich im Fluge zu fragen, ob ich nicht vielleicht eine Zeitung kaufen wollte. Eine türkische oder eine deutsche. Oder eine amerikanische. Wenn ich eine Sekunde Zeit gehabt, wenn ich gekonnt hätte. Der Ruf des Jagdhorns sagte mir Lebewohl. Glücklicher Abschluß der Jagd. Ich hatte es verteufelt eilig, ich floh, jetzt plötzlich war auch ich über das gespaltene Gespenst erschrocken, die Angst kam im nachhinein, die Furcht des Griechen war ansteckend, ich floh Hals über Kopf. Die Deutschen zischten mich an, sie witterten in dem abwärtsgleitenden Schemen einen Ausländer oder, was auf das gleiche hinausläuft, den Vertreter einer umstürzlerischen Partei, die Einsamkeit heißt und keine Throne stürzt, sondern Tintenfässer umwirft.

Jetzt brauchte ich mich nicht mehr umzusehen, ich wußte, leider, daß alle drei hinter mir her waren, gleichgültig, ob es vorübergehend zwei waren oder ob ihre

Reihen sich vergrößert hatten. Dort, wo man von den Rolltreppen auf die einzelnen Etagen kommt, observierten Wärter in Zivil die Übergänge und paßten auf, daß sich niemand unter den weichen Pelzen versteckte, um dann nachts herauszukommen und zu schlecken und zu schlemmen; diese gastlichen Räume, die die Benutzer den ganzen Tag in Versuchung führten, mußten ganz plötzlich unwirtlich werden, eine schwierige Operation; sie verwandelten sich beinahe in Polizeikommissariate, sie schreckten ab, vertrieben, machten böse Gesichter. Was ging mich das an, sollten die Kaufleute sich den Kopf zerbrechen, ich beteiligte mich nicht an der Hetzjagd, konnte mich in niemanden anders hineinversetzen, wenn nur der Förster sein Gewehr nicht vergaß, das gejagte Wild kümmert sich schon um sich selbst.

Durchs Erdgeschoß huschte ich zum Ausgang, es regnete, die Pfützen zitterten leicht wie immer, sicher von den Erdumdrehungen in Bewegung versetzt, kein einziger Vogel wagte ein Lied. Ich lief zur U-Bahn, dort im Labyrinth feuchter Korridore, dachte ich, dort werde ich sie abschütteln, zu verlieren suchen. Jetzt fiel mir ein, daß ich doch keine Einkäufe gemacht hatte, und das bedrückte mich, als hätte es noch irgendeine Bedeutung. Wie denn, einkaufen gehen und mit leeren Händen zurückkehren, wohin sollte dieser Leichtsinn führen? Doch war ich nicht ganz sicher, ob wirklich ich bedrückt war oder ob nicht vielleicht Zygmunt (Stefan) sich in mein Inneres geschlichen und dort sein Generalkonsulat gegründet hatte, um meine Stimmung zu befehligen. Unwillkürlich wollte ich nachsehen, ob ich meinen Paß bei mir hatte, und verstand sofort, wem daran gelegen sein konnte, in wessen Interesse dieser Gedanke war, wenn ein zu Tode gehetzter Gedankensplitter diesen stolzen Namen noch verdient. Wie denn, ohne das blaue Heft des Passes auf die Straße, was unterstehen Sie sich, nackt auf der Straße, auf einer ausländischen Straße, wieso? Ich frage noch einmal, in aller Strenge frage ich Sie: Wieso? Und so weiter, aber diese geschwätzige Stimme in mir ermattete zum Glück bald, als würde sie von einer griechischen Silbe übertönt.

Ich sprang auf den gerade anfahrenden Zug, ohne nachzusehen, in welche Richtung er fuhr, zwei Stationen weiter stieg ich aus, stand eine Weile regungslos auf dem Bahnsteig, nur um zu sehen, wie zwei Gestalten aus dem letzten Waggon sprangen. Ich lief durch die Unterführung zur anderen Seite, auf den gegenüberliegenden Bahnsteig, stieg in einen Zug, der in die Gegenrichtung fuhr, verließ ihn an der nächsten Station, diesmal kümmerte ich mich um nichts, lief über die Gleise direkt vor den gelben Wagen der einfahrenden U-Bahn, ich hörte das wütende Signal, das mich warnen und vertreiben sollte, vielleicht bin ich jetzt in Sicherheit, dachte ich, als ich den Felsen des gegenüberliegenden Bahnsteigs erklomm, vielleicht kommen sie nicht nach. Ich wartete nicht auf den nächsten Zug, sondern rannte in den U-Bahntunnel, obwohl ich die dort lauernden Gefahren fürchtete, aber was war das im Vergleich zu dem, was mir von dem teilungsfähigen Zygmunt und seinem schneidenden Flüstern drohte. Ich hatte schon ein bißchen Angst, als ich auf das schmale Laufbrett schlitterte, das dort hinein, ins Labyrinth führte, ich stützte mich mit der Hand an der steinernen Wand ab. Jeden Augenblick konnte der gelbe Drache angefahren kommen. Mit einem einzigen Seufzer konnte er mich töten. Nach einigen hundert Metern blieb ich stehen. Irgendwo dröhnten Züge. Ich stand in der Dunkelheit wie im Tunnel unter dem St. Gotthard, Luftströme beleckten mich, ihre rauhen Zungen waren meine einzigen Gefährten.

Ich hörte, wie die Bretter sich fern unter den Schritten der zwei (zweieinhalb?) bogen. Dann verstummten die Schritte. Nur Atemzüge, wie das Geräusch einer träge laufenden Nähmaschine, hörte ich noch, die einen wie eine Warnung, die anderen wie das Versprechen der Rettung. Ein Zug jagte vorbei, so nah und blitzschnell, daß ich ihn kaum hörte; der Luftstoß warf mich gegen die Wand. Wieder trat Stille ein, feucht und dicht. Ich lief weiter. Endlich tauchte am Horizont die verschwommene Aureole der nächsten Station auf. Ich lief schneller. Nackte Glühbirnen beleuchteten hier den Tunnel. Die Schatten, die in ihrem Licht entstanden, waren hart und böse. Wieder blieb ich stehen. Ich weiß nicht, weshalb ich so saumselig floh, vielleicht ahnte ich, daß das ohnehin bedeutungslos war, weil sich alles zwischen ihnen entscheiden mußte, weil sie den tödlichen Kampf kämpften, und ich tun und lassen konnte, was ich wollte, ich hätte sogar umkehren und zu ihnen gehen können, dann hätten sie sich zurückgezogen, wir waren eine bewegliche geometrische Figur, sie brauchten mich nicht. Ach doch, sie brauchten mich, diese Atemzüge verfolgten ja mich, und Zygmunts Flüstern wickelte sich wie ein Lasso um meinen Kopf. Mir war jetzt alles egal, ich stand ruhig im Licht einer nackten Glühbirne, sollten die Hetzhunde mich anfallen und zerfleischen, ich war erschöpft und ganz außer Atem. Plötzlich vernahm ich aus dem Tunnel das Geräusch einer Schlägerei, die beiden prügelten sich nun wirklich. Trotz meiner Erschöpfung wollte ich dorthin laufen, dem geliebten Griechen zu helfen, aber kaum hatte ich einen Schritt getan, da hielt mich etwas fest, etwas Unsichtbares, das doch starr war wie eine Schranke.

Inzwischen entflammte ein Kampf, erhitzte sich bis zur Rotglut, begleitet von haßerfüllten Schreien in mehreren Sprachen, griechischen Beschimpfungen, die furchtbar sein mußten, und die Zygmunt (Stefan) wohl verstand, denn er schrie verzweifelt, auf polnisch, du griechische Hydra, du Hurensohn aus Piräus. Darauf wiederholte der Grieche das Seine, und soviel Griechisch kann ich gerade, um zu verstehen, daß dort wiederholt das Wörtchen ›doppelt‹ fiel; die Tatsache, die unheimliche Tatsache, daß mein alter Schulkamerad sich zweiteilen konnte, hatte den wackeren Astrologen offenbar stark beeindruckt. Er kannte keine Nachsicht mit Zygmunt, ab und zu schrie er auch hiesige, deutsche Flüche, du Schweinehund, du Arschloch.

Die mit der Regelmäßigkeit einer telefonischen Zeitansage vorbeifahrenden Züge übertönten die Kampfgeräusche jedesmal, bis plötzlich ein furchtbarer, durchdringender Schrei ertönte. Zugleich fiel alles in tiefste Finsternis, sogar die nackten Glühbirnen, die Bewohner dieser unterirdischen Welt, erloschen, als hätte eine gewaltige Geburtstagspuste sie ausgeblasen. Ich ging auf die in der Ferne leuchtende Station zu. Als ich sie erreichte, hatte ich den Eindruck, als wäre gar nichts geschehen, als hätte es keinen Alarm gegeben, nichts, alles ruhig, einige Familien warteten auf die U-Bahn, ein ungemein großer katholischer Priester durchmaß mit langen Schritten den Bahnsteig, ungeduldig wie der Schiedsrichter in einem provinziellen Fußballstadion. Aber es war doch etwas Furchtbares geschehen, weshalb schreit ihr nicht, weshalb leuchten die Lampen ungerührt, warum beugt sich der Priester nicht über den Sterbenden, hatten sie denn dieses Schreien nicht gehört, das eine schlafende Stadt hätte aufwecken, von dem die Tiere in den Zirkuswagen hätten tollwerden und in den Park ausbrechen können. Ich war kein Held, ich hätte dorthin laufen sollen, in die Tiefe des Tunnels, wo man um mich kämpfte, aber auch sie, die gelangweilt auf dem Bahnsteig standen, waren nicht schuldlos. Ihre Teilnahmslosigkeit. Sie sahen auf die Uhr. Betrachteten die Titelbilder der Pornozeitschriften an den Kiosken. Kugelschreiber in Glasvitrinen.

Auch ich ging jetzt auf dem Bahnsteig auf und ab, wobei ich alle Augenblicke an dem hochgewachsenen Priester vorbeikam. Dann sah ich auf einmal, wie die beiden, der Grieche und Zygmunt, verstohlen, geradezu schamhaft aus dem Zwölffingerdarm des Tunnels auftauchten. Sie waren keine Freunde geworden, standen sich jetzt aber näher, etwas zwischen ihnen hatte sich gemildert, war getaut. Ich verstand, daß das schreckliche Gebrüll, das ich eben gehört hatte, etwas gewesen war, das sich am Rand der Seite ereignet hatte. Man muß sich ein liniiertes Heft mit einer rosa Randlinie vorstellen, wie es in der Grundschule benutzt wird. Keine Halluzination war das gewesen, es hatte sich am Rand ereignet, deshalb konnten die Züge weiter kursieren, deshalb lief der überlebensgroße Priester, der aus unbekannten Gründen in keine U-Bahn einstieg, nicht zum Unfallort. Er hätte dort, wo der Schrei ertönt war, nichts gefunden. Am Heftrand, wo des Lehrers Hand rätselhafte Zeichen hinsetzt. Meine Angst (meine Angst, mein absolutes Eigentum) stieg wie der Quecksilberfaden im Thermometer. Selbst die leiseste Möglichkeit eines Bündnisses zwischen den beiden (oder dreien) war für mich und mein absolutes Eigentum eine tödliche Bedrohung. Wieder ergriff ich die Flucht, diesmal lief ich eine nichtrollende Treppe hinauf, die wohl zu Anfang unseres (ihres) Jahrhunderts gebaut worden war. Jugendstilschnörkel am Treppengeländer, die ich kaum bemerkte und aus dem Augenwinkel doch in Besitz nahm, ein Ästhet auf der Flucht, begleiteten mich treu, treu.

Jetzt kommt eine Pause, die es nicht gibt. Am Heftrand, zwischen den roten Hieroglyphen des Lehrers. Ich war irgendwo an einem Kanal, über schwarzem Wasser, und sie spielten. Stefan balancierte auf einem schmalen Schleusengitter, stolz auf seine Geschicklichkeit, mit weit ausgestreckten Armen, ein Akrobat; der Grieche klatschte ihm Beifall und lachte lauthals. Irgendwo in der Nähe ein weißes Schild mit der Aufschrift ›Berlin-Wannsee‹. Stefan flüsterte, hoch über dem Wasser, einige Meter über dem Kanal, deutsche Wörter, sehr langsam, eines nach dem anderen, mit Pausen, als arbeitete er eine Deutschlektion durch. Ein Ausländer lernt die hiesige Sprache. Mitten auf dem Übergang geriet Stefan leicht ins Schwanken, bekam seinen zygmuntschwangeren Körper aber schnell wieder unter Kontrolle, gewann das Gleichgewicht zurück und prahlte sogar mit der Sicherheit seiner Bewegungen. Er hob den rechten Fuß und streckte ihn wie eine Balletttänzerin von sich. Der Grieche hockte sich hin. Er rollte beide Hände zusammen, als hielte er ein Fernglas vor den Augen, und sah Stefan gespannt zu. Ich war wohl am anderen Ufer des Kanals, saß auf einer hölzernen Gemüsekiste, teilnahmslos und erschöpft. Es war schon spät in der Nacht, die Sterne funkelten, was im November gar nicht häufig ist.

Stefan kam ans Ufer zurück und setzte sich neben den Griechen, der nun seinerseits aufstand und das Eisengitter betrat. Auch er kam bis an die Stelle, an der Stefan stehengeblieben war. Auch er spielte sich vor uns, oder richtiger vor Stefan, auf, denn mich beachtete keiner der beiden, zumindest solange ich reglos auf der Holzkiste saß. Immer wenn ich aufstehen oder auch nur die Haltung ändern wollte, kam von der anderen Seite des Kanals ein wütendes Brummen, das mich festhielt.

Der Grieche brachte es sogar fertig, auf dem Gitter zu tanzen, sehr langsam zwar, aber er streckte doch erst den rechten, dann den linken Fuß von sich und stemmte die Hände in die Hüften. Stefan brüllte vor Lachen und lege sich plötzlich ins Gras, als wäre es Sommer, ein sonniger, heißer Tag, wenn der Sand die Fußsohlen verbrennt und Kinder sich, schreiend vor Freude, im flachen Wasser eines Waldsees tummeln.

Es gibt keine Rettung, sagte ich mir. Wenn der Grieche sich mit ihm verbündet hat, bin ich verloren.

Irgendwo in der Ferne krähte ein Hahn.

Mir war nicht klar, was meine Freunde vorhatten. Auch sie wußten wohl noch nicht, was gleich passieren sollte.

Der Grieche tanzte immer noch. Stefan pfiff fröhlich vor sich hin. Etwas mühsam hob er den Kopf aus dem Gras, nur die pfeifenden Lippen waren entspannt.

In der Nähe erdröhnte der Baß einer Schiffs- oder Barkensirene. Ein leises Zittern durchlief das Schleusengitter, so wie eine Katze sich streckt, wenn sie die streichelbereite Hand nahen spürt. Ein riesiger Tanker schwomm heran.

Wieder eine Pause. Wir haben den Rand überschritten. Der Lehrer schlief mit zurückgelehntem Kopf. Er hat nichts gesehen. Wir befinden uns am Rande eines Kiefernwaldes. Diesmal saßen wir alle drei vor einer schönen, weißen Mauer, die oben von einer Art kilometerlanger Pirogge gekrönt war, einer fülligen Krone mit ovalem Querschnitt. Wir saßen in einem Abstand von einigen Metern. Zygmunt zu meiner Linken, zu meiner Rechten der Grieche. Dann sprang Zygmunt plötzlich, ganz mühelos, mit einem Satz oben auf die Mauer und begann dort ebenso ungezwungen zu wandeln wie vorher auf dem Metallgitter. In seinen Bewegungen war jetzt etwas unbeholfen Verführerisches, so hätte sich ein verzweifelter Homosexueller benehmen können, der vor einer Abiturklasse steht, vor dreißig

Jungen, auf deren Wangen ein erster Flaum schimmert. Seine Gesten sollten uns ermuntern, es ihm gleichzutun. Er neigte sich leicht zur anderen Seite, wo das geheimnisvolle Gebiet jenseits der Mauer sich erstreckte, als wollte er sagen, ihr werdet es nicht bereuen, kommt zu mir, seid nicht faul, macht mit.

Wir aber saßen völlig reglos, verwurzelt in der schweren Erde.

Na kommt schon, sagten seine Hände und sein lebhaftes Gesicht, kommt zu mir, ihr Arschlöcher, was sitzt ihr so schwer im Gras.

Wie hell es in diesem Wald war. Ein Scheinwerfer irgendwo im Dickicht beleuchtete die weiße Mauer und die auf ihr schwankende Silhouette Zygmunts, der den Hut abgenommen hatte und ihn in der rechten Hand hielt. Sein karierter Schal hatte sich aufgewickelt und schwebte hinter ihm wie ein von hochfliegenden Flugzeugen gezogener Schleppsack.

Ich fühlte mich wohl. Meine Erschöpfung hatte sich aufgelöst. Meine Angst war geblieben, aber sie schwieg.

Ich hatte den Eindruck, daß der Grieche auch gern dort gewesen wäre, wo Zygmunt war, dort oben auf der weißen Bühne. Ich ahnte, daß es ihm in Fingern und Füßen jucken mußte, weil auch er gern gezeigt hätte, wie hübsch er auf solchen glänzenden Mauern laufen kann. Plötzlich also befand auch er sich auf der ovalen Krone, von Zygmunt herzlich empfangen.

Sie standen sich gegenüber. Zunächst die Begrüßung. Dann spürte ich, wie die Wut wieder wuchs. Zwei Hähne, die sich zum Kampf anschickten. Zygmunt kauerte sich nieder und zischte böse. Dann stand er auf und lachte, um dem Griechen zu zeigen, daß er doch nichts Böses gegen ihn hegte. So näherte sich dann auch der Grieche vorsichtig seinem Partner. Sie umarmten sich, fielen sich um den Hals und glitten gemeinsam die

Mauer auf und ab, hin und zurück. Freundschaft war darin und Feindseligkeit, die Spannung war keineswegs verflogen.

Ich schloß die Augen, ich war auf einmal schrecklich müde. In diesem Moment hörte ich eine Maschinengewehrsalve.

Als ich mich endlich im eigenen Zimmer befand, vor dem Bett, von dem mich nur eine unkrautwuchernde Spalte im Fußboden trennte, erschienen sie zum letzten Mal, Stefan und Zygmunt, beide schon fast durchsichtig, wie aus Nebel, und ihr Flüstern, das aus den zwei Münden kam, war ganz undeutlich und wurde immer leiser, immer leiser.

22

Möge diese Wirklichkeit sein. Diese Wirklichkeit, die es eben noch nicht gab, und die jetzt da ist, leicht wie eine Pusteblume. Noch existiert sie so furchtsam, daß sie kaum vorhanden ist. Sie weiß noch nicht, ob sie länger bleiben wird. Fährt prüfend mit dem Fuß über den Sand.

Möge sie sein, möge sie sich halten, möge sie überleben. Diese paar Striche auf dem Papier, das vor fünf Minuten noch ganz weiß war. Mögen diese Striche überdauern. Wenn sie die erste Nacht überleben, dann die zweite, wenn sie nach drei Tagen noch nicht verblaßt, nicht ausgeblichen sind, wird eine Rettung möglich sein. Jetzt weiß man noch nicht, ob sie bleiben werden. Zwar sind sie schon sichtbar, schwarz und deutlich, sie sind aber noch zu sehr mit mir, mit meinen Gedanken, mit dem Glücksgefühl verwachsen, das sie mir vermittelt haben und aus dem sie entstanden sind. Die Nabelschnur ist noch nicht zerrissen worden, mein

Glück dauert noch, obwohl es der soliden, väterlichen Grundlage schon beraubt ist.

Was war zuerst da, die Freude oder diese zarte Wirklichkeit? Wer war der Vater? Wer das Kind? Hatte sie, diese fedrige Wirklichkeit, schon lange auf mich gewartet, versteckt in den Windungen und Falten der Samtdraperien, die seit hundert Jahren in den Akademien der Schönen Künste hängen, oder hatte erst meine Freude sie ins Leben gerufen, heute, an diesem Tag, in der Früh, als die Sonne, vorsichtig wie meist im November, durch die Baumkronen schien?

Alte Frauen vor meinem Fenster sprachen wieder davon, wie teuer die Hausschuhe werden, wie wahnsinnig ihre Preise steigen, wie sie in die Höhe klettern, bestimmt erreichen sie bald den Gipfel des Mount Everest.

Möge diese Wirklichkeit sein, möge sie die Nacht überleben.

Ein Müllverbrennungsfahrzeug keuchte heftig auf der Straße, in ihm brannte ein winziges Bruchstück des Höllenfeuers. Und wenn sie nicht überdauert, wenn sie nach zwei Tagen verblaßt, wenn sie nicht anwächst, wird sie dort landen, wird von der Höllenzunge beleckt werden.

Die Freude, die Vater und Kind zugleich war, besaß eine sehr komplizierte chemische Zusammensetzung. Auch ein Klümpchen Verzweiflung steckte in ihr. Und sie waren miteinander verwachsen, Freude und Verzweiflung, nur kam es, als diese leichte, anfällige Wirklichkeit geboren wurde, zu einem kurzen, flüchtigen Augenblick des Gleichgewichts. Die Verzweiflung hielt inne, sie sah über die Ausschweifungen der Freude hinweg. Alles erstarrte, nur sie, die ewigen Feindinnen, schlossen einen brüchigen Kompromiß. Sie wurden – für einen Augenblick, wohlgemerkt, für einen Moment nur – zu zwei gewaltigen Walzen, zwischen denen die rosige junge Schlange des stählernen Strichs hervorkroch.

Die Verzweiflung hatte die gleiche Quelle wie die Freude: Daß ich allein im Zimmer bin, daß draußen die behutsame Sonne scheint. Alte Frauen unterhalten sich über Hausschuhe. Sie kaufen das vorletzte Paar. Alte Mädchen reden von Pantoffeln. Daß ich tödlich verwundet bin, ganz gleich, wann mich dieser Pfeil getroffen hat und wie er heißen mag. Welcher Indianerstamm den Bogen hielt. Doch die Freude freute sich auch darüber, nicht einmal die tödliche Wunde ängstigte sie, denn anders kann man doch nicht leben, anders ließe die schreckliche Langeweile der Gesundheit sich nicht ertragen.

Möge diese Wirklichkeit sein.

Immer noch kreiste das Fahrzeug, in dem das gelbe Feuer loderte, in der Nähe meines Hauses. Es beroch die Ecken der Mietshäuser und die Pflastersteine, es suchte Futter.

Möge dieser Strich bestehen, dieser tiefste Strich, aus dem andere hervorgehen. Dieser unsichtbare Strich, möge er bestehen.

Erleichtert sah ich dem flammenden Fahrzeug nach. Es entfernte sich mit wütendem Schnauben. Suchte woanders, es war so hungrig. Es witterte.

23

Endlich traf ich mich mit ihm. So lange hatten wir einander vorsichtig umkreist. Er existierte, ich existierte. Man hatte mir von ihm erzählt und ihm von mir. Einmal mußten wir uns treffen, zumal mein Aufenthalt in dieser feuchten Stadt schon bald zu Ende gehen sollte. Ich kam mit seinen Freunden und Feinden zusammen, ich schlief mit seiner Assistentin, er fragte Bekannte, die ich gerade erst kennengelernt hatte, über mich aus, ließ sich von meinen Plänen erzählen, man sagte mir das. Denn wir umkreisten einander, wir wußten, aus dem Munde der anderen, viel voneinander.

Ich wußte von seiner triumphalen Reise durch Deutschland, von den acht großen Happenings, die er in Universitätsstädten organisiert hatte.

Ich brauchte ihn, seine Worte, seine Ansichten. Ich wußte, daß er auf der Ausstellung meiner Zeichnungen gewesen war und dort sogar unerwartet lange verweilt hatte. Eine Stunde lang hatte er vor meinen Arbeiten gestanden. Die Besitzerin der Galerie berichtete es mir freudig und begeistert. Er war das erste Mal dort gewesen, vorher hatte er den reglosen Objekten, die das reine Weiß der Wand bedecken, keine Beachtung geschenkt.

Und ich war leicht zu verführen. Ich mochte ihn nicht, hatte ein bißchen Angst vor ihm und sehnte mich doch zugleich auch nach ihm. Etwas war in ihm, das ich nicht verstand, das mir fremd blieb und mich doch auch gefährlich anzog. Wie der Geruch eines sommerlichen Gewitters. Oder wie frischgemähter Schnee. Sein Jähzorn gefiel mir nicht, er stieß mich ab. Und reizte mich. Und lockte. Ich dachte viel über ihn nach. Ich konnte den Ozongeruch nicht vergessen. Er behauptete, er sei der Zeit voraus. Er verschwand oft für lange Wochen, er mochte es, wenn man nach ihm fragte. Er schaltete das Telefon ab, zog dunkle Vorhänge vor die Fenster. Er erzeugte eine künstliche Sehnsucht. Ich war nie bei ihm zu Hause, all das sind Informationen aus zweiter Hand. Man erzählte mir ständig von ihm. Wie er sich kleidete, was für ein Buch er gekauft hatte. Er kaufte selten Bücher, deshalb wußte man und sprach davon, wenn er sich für einen Gedichtband oder eine Essaysammlung entschieden hatte. Ich erfuhr es nur aus zweiter Hand, und doch kam es vor, daß ich aus Neugierde nach einigen Tagen das von ihm empfohlene Buch kaufte.

Manchmal zweifelte ich sogar, ob es ihn überhaupt gab. Er existierte wie ein kleines Tier, ein Maulwurf oder eine Maus, das unter einem ausgedehnten, weichen Tuch läuft. Nur die Falten und Runzeln, das bewegliche Netz der Knicke und Regungen im Stoff zeigten seinen Aufenthaltsort an. Manchmal reiste er mit unbekanntem Ziel ab, setzte sich abends in ein Flugzeug, zum Beispiel nach London, rief erst nach zwei Tagen von dort aus Freunde an und wollte, daß sie errieten, wo er sei. Und derjenige, den er mit dem Anruf aus London beglückte, informierte sogleich die anderen, übrigens zahllosen Teilnehmer der Verschwörung.

Dann kam er zurück und erzählte von nächtlichen Spaziergängen, von dem Licht, das in einem bestimmten Viertel von Brügge aus einem bestimmten Fenster gefallen sei, von den Schultern irgendeiner jungen Frau, einer Holländerin, die er in Den Haag gesehen hatte, wo er übrigens gar nicht ins Museum gegangen war.

All das erfuhr ich aus zweiter Hand, aber ich nahm die Nachrichten über ihn doch eifrig und immer begieriger auf. Ich wußte, daß er einer der zentralen Punkte dieser feuchten Stadt war und daß zumindest die Neugier, eine fast touristische Neugier, es gebot, seine Bewegungen, die wechselnden Lagen des weichen Stoffs im Auge zu behalten.

Er trieb sich in Europa herum, sogar in den Staaten, denn soviel ich weiß, hatte er Geld genug, um mal ein Wochenende in New York zu verbringen – und trat danach auf einem der Happenings auf, die er veranstaltete. Er sammelte Kräfte in der Welt, Eisenspäne klebten treu an ihm, als wäre er wirklich ein Magnet.

Ihn interessierten nur kleine Dinge, Fragmente, Ausschnitte. Er benahm sich wie ein Maler, der nicht malt. Er reiste durch die Welt und schaute, obwohl er keineswegs vorhatte, eine Staffelei aufzustellen. Auch ans Fotografieren dachte er nicht.

Ich weiß übrigens nicht genau, wie er das begründete. Ich wollte nicht in seine Nähe kommen, ich eignete mich nicht als ein weiterer Anhänger seiner unsichtbaren Kraft.

Aber ich brachte es auch nicht fertig, seine durch zahlreiche Reisen unterbrochene Anwesenheit zu übersehen und zu ignorieren. Wenn er das Tier unter dem Stofftuch war, so ähnelte ich einem anderen Tier, das über die Oberfläche des Tuchs lief und pochenden Herzens auf die Bewegungen des anderen horchte.

Deshalb rief ich ab und zu meine neuen Berliner Bekannten an und fragte, wo er sei, wo er sich versteckt habe.

Auch er fragte nach mir. Man erzählte es mir neidvoll, als handelte es sich dabei um so etwas wie die Schultern der unbekannten Holländerin in Den Haag, nur daß diesmal ich, der Zeichner von drüben, von jenseits der groben Grenze, eines jener Fragmente wurde, die er so gern wahrnahm und vergaß, wahrnahm und vergaß.

Endlich trafen wir uns. Wir hatten beide auf diesen Augenblick gewartet. Sein Aufenthalt unter dem Stofftuch, sein Kreisen unter der Seide wurde immer unerträglicher, es war kaum noch auszuhalten. Obwohl ich mir von diesem Treffen nichts versprach, keine Geschenke. Im Gegenteil, eigentlich hielt ich ihn für einen jener kleinen Kunstzerstörer, einen jener schlampigen Kraftmenschen, die im Grunde auf dem Rummel auftreten und mit ihren großen Fäusten der ländlichen Jugend imponieren sollten, statt dort einzudringen, wo konzentriert und langsam, über Jahre hinweg, gearbeitet wird, wie in einem Benediktinerkloster.

Er gehörte zu dieser gefährlichen Kategorie, ganz sicher, ich ordnete ihn von Anfang an dort ein.

Ich dachte, er würde dort bleiben, würde es sich in dieser Kategorie häuslich machen.

Indessen interessierte er mich immer mehr. Aber ich hielt es nach wie vor für ausgeschlossen, daß eine Begegnung mit ihm mir irgend etwas geben könnte.

Theoretisch schenkte ich ihm, seiner Theorie, seiner Praxis, seiner Tätigkeit, seiner Kleidung, seinem Verschwinden und Erscheinen, seinem Gang, dem Auftauchen hinter anderen Menschen keine Beachtung. Er hatte mir nichts zu sagen, dachte ich. Ich hielt nichts von den Happenings, die er organisierte. Er war nicht der erste damit. Solche Dinge wurden schon lange gemacht. Mein Handwerk war älter, aber auch neuer, denn es konnte nicht veralten. Seine Beschäftigung war so viel jünger und schon alt.

Theoretisch mochte ich ihn nicht. Aber er gefiel mir doch immer besser. Er tut immerhin etwas, sagte ich mir. Er ist nicht immer grausam. Er hat ein himmelblaues Fünkchen Leben in sich. Mag sein, daß er damit manchmal ein allzu kaltes Feuer entzündet. Weshalb trägt er heute einen Frack? Weshalb hat er den Brand verursacht?

24

Schnell taute der erste Schnee, die erste Wolle des Winters. Er lag einen Augenblick auf den krausen Köpfen des Unkrauts und den schwarzen Zweigen der Bäume, auf Autodächern, unter den Füßen. Glanzlose Wassertropfen waren von ihm geblieben. Die letzten Blätter rollten sich zusammen und wurden braun, als hätte der ganze Park sich in eine riesige Tabakplantage verwandelt. Ich hatte mich zu einem Spaziergang um einen der Berliner Seen aufgemacht. Ich ging langsam, Läufer und Hunde überholten mich. Das kümmerte mich nicht. Ich schaute ruhig vor mich hin. Schon in wenigen Tagen sollte ich die Stadt verlassen, und gerade auf diesem Spaziergang fand ich zu völligem Einverständnis mit ihr, mit ihr und ihrem braunwerdenden Grün. Mit ihren Bäumen.

Ich ging langsam, ich hatte es nicht eilig. Läufer und Radfahrer überholten mich, und Vögel. Ich blieb zurück, ohne Bedauern, ohne Ehrgeiz. Sie hatten sicherlich wichtige Dinge zu erledigen, sie alle, sie waren in Eile. Der Winter nahte. Wer jetzt kein Haus hat, wird lange keines haben. Ich sah ihnen zärtlich nach, die mich da überholten, betrachtete ihre Arme, Beine und Flügel, Räder und Schuhe. Ich freute mich ganz ohne Grund. Ich war ihnen wohlgesonnen, denen, die vorauseilten. Ich sah ihre Fersen und Ellbogen, ohne am Rennen teilzunehmen. Mein gefräßiges Ich war verstummt. Ich war diese Freude, war dieser Blick. Schwache Luftströme, die von Menschen und Gegenständen ausgingen, erreichten mich in ihrer ganzen königlichen Pracht, ich hörte und bewunderte sie. Ich fügte mich in sie, lauschte ihnen aufmerksam, ich mußte nicht einmal das Ohr an die Erde legen, sie wirbelten in der Luft, sie vibrierten, redeten. Die letzten Blätter, leicht wie Zigarettenpapier, schwebten zwischen den Bäumen, segelnde Seufzer. Ich spürte das Leben, das in Tieren, Dingen und Menschen pulsierte, das gewölbte und rege Leben, das jetzt meine Feder und mein Papier nicht brauchte, es lebte auf eigene Faust, es sang leise. Und ich hörte leise zu.

25

Es ging ums Tanzen. Begonnen hatte es mit dem klassischen Tanz, der, wie ein Flugblatt, das an alle Teilnehmer des Abends verteilt worden war, verkündete, gefährlich verkommen war, und jeder, der noch etwas auf sich hielt, sollte diese Tradition nach Kräften zu erhalten suchen.

Der Brand war vorausgesehen, er war veranlaßt worden, aber er hatte kleiner sein und sich bescheiden in gewissen Grenzen halten sollen, die er überschritten hatte. Glimmen hatte er sollen und war doch purpurn aufgeflammt, und selbst er, der das wollte, war erschrocken, ich sah genau, daß er Angst hatte. Es kam der Moment, da er allen die Flucht befahl, und nicht er war es, der die Feuerwehr anrief, sondern ausgerechnet ich, ein Ausländer. Aber Ausländer brennen genauso gut wie Einheimische. Wie Fackeln. Der Brand war geplant, er war genauestens vorbereitet, aber etwas Unerwartetes war geschehen, etwas war in den elektrischen Leitungen passiert, irgendein Funke hatte den Gehorsam verweigert.

Es hatte so sein sollen: Ein Tanz, der recht langsam und gemessen durch die eher kleinen Räume der Galerie führt, in einem Reigen, halb im Marsch, halb im Tanzschritt, im Takt der Musik, die vom Tonband kommt. Dann ereignet sich ein kleiner Brand, auf den fast alle vorbereitet sind. Nachdem dieser leicht zu bändigende Brand gelöscht ist, hält er eine große Rede auf das Feuer.

Statt dessen war es zu einer kurzen Panik gekommen. Ich hatte nicht gewußt, daß Feuer so ohrenbetäubend tosen kann, wie ein großer Wind.

Die Feuerwehrleute trugen saubere, glänzende Helme, in denen sich rosarote Feuerzungen spiegelten.

Die Tänzer liefen die Treppe hinunter. Die langen Kleider der Tänzerinnen wehten und gingen dann, in den Händen getragen, merkwürdig ein. Jemand stürzte auf der Treppe und schrie entsetzlich, andere sprangen über den liegenden Körper hinweg, es gab keine Gerechtigkeit.

Blitzschnell schmolz im Feuer der Reigen. Eine Siegellackstange hätte länger gehalten.

Nach der Feuerwehr kam die Polizei, und er sagte geduldig aus. Die Polizei trug keine Helme, in den grünen Mützen spiegelte sich nichts mehr. Er erzählte etwas von Kunst, aber der Polizist wollte davon nichts hören und verlangte die Personalien. Vor- und Zuname, Geburtsort und -datum, Beruf. Die furchtbare Langeweile der Polizei schimmerte in diesen Fragen. Die Polizei stellt die Identität fest, aber sie interessiert sich nicht für die Identität, die wir selbst geschaffen haben, sie prüft nur die, die wir von den Eltern erhielten. Die Stimme des Polizisten verriet weder Ärger noch Zorn. Er wollte nur die Identität feststellen. Soviele Menschen treiben sich auf den Straßen herum, und jeder ist irgendwer. Derselbe Polizist überpüfte auch meine ausländische Identität. Ich bin sicher, daß seine eigene polizeiliche Identität völlig einwandfrei war.

Die Feuerwehrleute verschwanden, sobald sie überflüssig geworden waren. Es erschien ein Arzt, begleitet von Sanitätern mit Tragbahren. Zum Glück war nichts Tragisches passiert. Jemand hatte ein paar blaue Flecken, jemand war in Ohnmacht gefallen, aber das war jemand, der oft in Ohnmacht fiel. Eine Frau, die dafür bekannt war, daß sie ohne große Umstände in Ohnmacht fiel. Sie wurde dann plötzlich weich und abwesend. Wie ein Kaugummi. Die Identität verließ sie für einen Augenblick.

Die Tänzer waren schon unten, im Erdgeschoß, wo keine Gefahr drohte, denn der Brand hatte nur im ersten Stock gewütet. Der stickige Geruch des Feuers – oder richtiger der Geruch des Stoffwechsels, den die Flammen hervorriefen, denn das Feuer, seine Vorhut, roch nach nichts, es war rein wie Geist – drang dennoch hierher und erinnerte an die kurzzeitige Panik, derer die Tänzer sich jetzt schämten. Sie sahen sich nicht an. Die Frauen zitterten vor Kälte. Jemand brachte braune Decken von nebenan. Vielleicht hatte die Feuerwehr sie gebracht. Auch Łasica bebte vor Kälte. Sie hatte violette Lippen, wie jemand, der aus dem Ozean gerettet wurde. Neben ihr saß Verena. Sie hielt Matthias an der Hand. Der Barkeeper eines kleinen Cafés, das sich im Erdgeschoß befand, schenkte jedem ein Gläschen Wodka ein. Łasica klapperte mit den Zähnen, wie auf dickes Glas.

Oben polterten die Feuerwehräxte. Dann polterten die Stiefel der Feuerwehrleute auf der Treppe, staccato.

Schweigen herrschte, kalte Stille. Die im Feuer zu Eis erstarrten Ertrunkenen schweigen. Auch ich hatte meine Portion Wodka getrunken. Bescheiden. Wie bescheiden sind die Mittel, die man gegen den Schrecken einsetzen kann. Ein Gläschen Wodka, ein warmer Ziegelstein unter der Bettdecke, ein Kuß, während Lippen und Zähne sich weiter fürchten.

Einer der Feuerwehrleute hatte Ähnlichkeit mit Stefan. Ich erstarrte bei seinem Anblick. Aber es war wohl doch nicht mein Freund. Das Gesicht des Feuerwehrmanns verschwand im übrigen unter dem Helm, er selbst war in Rauchschwaden gehüllt.

Ein Mann, den ich nur vom Sehen kannte, begann Vermutungen über die Ursache des Brandes anzustellen. Weshalb, fragte er sich, ist das Feuer so plötzlich ausgebrochen.

Łasica sagte ihm, er solle die Klappe halten. Danach entschuldigte sie sich, blieb aber dabei. Solange die Erscheinung anhielt, konnte man über die Ursache nicht reden. Die Dinge sind getrennt, man muß abwarten, bis die Wirkung nachläßt, um sich mit der nicht mehr gegenwärtigen Ursache zu befassen.

Beim Anblick der grünen Polizisten spürte ich Erleichterung, auch wenn ich das vielleicht nicht zugeben sollte. Diese erwachsenen Pfadfinder, die so taten, als fürchteten sie nichts, bewegten sich wie die Akteure eines Actionsfilms.

Dann kam er von oben, wo die Gefahr bereits gebannt war. Nur schmutzige Rinnsale flossen noch auf dem Boden, Schaumblumen welkten. Auch seine Personalien waren schon genauestens überprüft, er kam also wie von der Beichte, mit exakt ermittelter Identität. Ein Protokoll war aufgenommen worden (ich, so und so, geboren dann und dort, erkläre, daß das Ganze ein künstlerisches Happening war; es waren so und soviele Gäste vorgesehen, gekommen sind so und soviele; zu Zwischenfällen kam es nicht; der Brand war geplant; er hat sich übermäßig ausgebreitet; ich übernehme die Verantwortung; der Sachschaden wird von der Firma ›Exterior‹ gedeckt; Versicherungspolice Nummer BDR 567 853 004); er kam im Hemd von oben, die Ärmel hatte er über die Ellbogen gekrempelt. Seine Stirn war schmutzig. Er lächelte. Weder verblüfft noch besorgt. Obwohl er es vorher einen Augenblick lang gewesen war, das hatte ich deutlich gesehen. Aber es war vorbei, abgefertigt, zum Schweigen gebracht.

Er wandte sich an die Tänzer, die in Sesseln und auf dem Boden lagerten: Jetzt wollen wir singen. Und er stimmte ein Lied an, das ich nicht kannte.

Es lag noch viel Angst in der Luft, das Lied kam nicht aus geschwellten Brüsten, es war dünn und schwach.

Nicht alle wollten singen. Halt die Klappe, halt endlich die Klappe, sagte jemand immer wieder. Aber ich war es nicht.

Als alles schon vorbei war, trat einer der Feuerwehrmänner auf mich zu, er wußte nicht, daß ich Ausländer bin. Er wollte mir vom Leben der Feuerwehrmänner erzählen. Man nimmt uns nicht für voll, sagte er, man erzählt Anekdoten über uns, genauso wie über Schornsteinfeger und die Zimmermädchen von früher, aber das ist ein kolossales Mißverständnis.

Er zeigte die Zähne, sein Zahnfleisch war gesund und rosig.

Das war kein großer Brand, sagte der Feuerwehrmann, er hat uns nicht viel Arbeit gemacht, aber wir haben es ja im Grunde immer mit ein und demselben Feuer zu tun, dem einen Feuer auf der ganzen Welt. Jedes Lagerfeuer, ob es nun am Don oder am Nil entzündet wird, ist nur ein Teilchen des großen Feuers. Und jedes dieser Lagerfeuer besitzt die natürliche Neigung, sich mit seinen Brüdern zu verbinden. Denn das Feuer ist die gefährlichste Internationale, es zeigt keinerlei patriotische Bindung an heimatliche Gefilde, es schert sich nicht ums Lokalkolorit. Es frißt das, was in greifbarer Nähe ist – nur darin äußert sich seine Bindung an die Gegend, in der es auf die Welt gekommen ist –, und sieht sich dann nach Gefährten um, die im Nachbardorf das Haupt erheben. Ohne unsere Wachsamkeit, sage ich Ihnen, hätten sich diese vereinzelten Funken schon längst zu einer gleißenden Schwade, einer weißen Kugel vereinigt, in der wir alle umkommen würden, auch Sie, und sogar ich. Und doch hat man immer noch kindliche und veraltete Vorstellungen von unserer Arbeit. Fröhliches Glockengeläut, Helme, in denen sich blühende Apfelbäume spiegeln, vom Rauch vergangener Brände gebräunte Gesichter, kleine Mädchen, die aufgeregt auf die Straße laufen, ohne aber ihre Erschütterung zu zeigen.

Lächerliche Ansichten, ganz lächerlich. Ich will gar nicht darauf eingehen. Ich möchte Ihnen nur in aller Kürze einen Begriff davon geben, wie bedrohlich die Herausforderung ist, vor der wir stehen. Eine moderne Ausrüstung ist noch nicht alles. Das Feuer ist etwas so Archaisches, daß es vom technischen Fortschritt kaum berührt, gerade einmal gestreift wird. Sehen Sie, das sind zwei völlig verschiedene Reihen, die da rein zufällig aufeinandertreffen. Das Feuer, ein vorsintflutliches, unendlich starkes Tier, und all unsere Ideen, unsere automatisch ausfahrenden Leitern, Wasserkanonen, neuartige Löschmittel, wissen Sie, das ist alles ganz hilfreich, aber nur im ersten Stadium der Katastrophe.

Ich bin Beamter. Lachen Sie nicht. Jawohl, ich besitze den Beamtenstatus. Sie sind Ausländer, nehme ich an? (Ich weiß nicht, wie er darauf kam.) Ich glaube, das ist schon gut so, gegen diese Internationale sollte man eben gerade Beamte aufbieten.

Er lächelte und zeigte noch einmal sein rosiges, feuchtes Zahnfleisch.

Gegen das Chaos sollte man Vertreter von Recht und Ordnung mobilisieren, absolut zuverlässige Leute. Es wäre vielleicht besser, wenn wir dem einen Chaos mit einer anderen Art von Chaos begegnen, wenn wir so etwas wie Jagdhunde, ein feuerlöschendes Feuer, züchten könnten. Ich gebe zu, das wäre vielleicht besser, denn wir, die Vertreter der Ordnung, sind manchmal etwas phantasielos. Aber man kann uns vertrauen, wir sind den schwierigsten Aufgaben gewachsen.

Plötzlich verschwand er, vom Signal seines Führers oder Vorgesetzten gerufen.

Für Beamte hinterließen sie eine fürchterliche Unordnung. Die Galerie sah aus, als hätte dort ein Polizeibataillon eine Hausdurchsuchung gemacht. Die einst weißen Wände waren mit Flecken übersät, die wie riesige Kleckse aussahen, die elegante Galerie war im Handumdrehen zu einer Höhle verkommen, wie der Reporter der Tageszeitung formuliert hätte. Die Reporter hatten den Unfallort noch nicht erreicht. Ein zweitklassiges Lokal. Im Reiseführer nicht vertreten.

Unten ging es immer normaler zu, die Schiffbrüchigen vergaßen die Katastrophe allmählich, nach und nach fuhren Taxis und Autos vor, die Eltern und Ehegatten der Opfer erschienen, um ihre Angehörigen in Sicherheit und Trockenheit zu bringen. Es wurde leer, der Barmann machte Kasse, der amerikanische Radiosender, der laute Musik für Soldaten spielte, pumpte die Stille mit Lärm auf.

Wir zwei blieben schließlich zurück, allein.

Wir saßen auf dem Fußboden, in Schutt und Asche. Der Brandgeruch reizte meine Nase, meinen Kopf.

Die Polizisten waren schon gegangen, die Feuerwehrleute verschwunden, das Feuer erloschen, die Schiffbrüchigen waren in ihre warmen Wohnungen zurückgekehrt, der Barmann versuchte, eine Honda zu starten.

Wir waren allein.

»Eine hübsche Panik ist mir heute gelungen«, sagte er. »So weit bin ich noch nie gegangen.

Ein Brand, nicht groß, aber immerhin ist er ausgebrochen. Du hattest Angst. Ich habe dieses Feuer gemacht. Du fürchtest dich vor vollblütigen Ereignissen, ich mache sie.«

»Du hattest auch Angst«, sagte ich.

»Ich fürchtete, ich könnte Angst bekommen. Wäre ich zu ruhig gewesen, hätte es nicht so eine hübsche Panik gegeben. Wie sie weggelaufen sind! Als wäre etwas in ihnen explodiert. Angst ist nicht schön, sie treibt nur zur Flucht. Du verstehst überhaupt nichts.

Obwohl mir das, was du machst, sogar gefallen hat«, sagte er nach kurzem Überlegen. »Das ist ganz hübsch. Aber nicht das ist wichtig.«

Ich schwieg. Ich wollte nicht von den Dingen sprechen, an die ich glaube. Wenn man sein eigenes Credo ausspricht, verblaßt es bald. Wenn es in mir wirkt, wenn es Motor meiner Gedanken und meiner linken Hand ist – denn ich zeichne mit der Linken –, bleibt es immer etwas dunkel und leuchtet dadurch heller, als wenn es zur Glühbirne an der Decke der Überzeugungen gemacht würde.

Deshalb schwieg ich.

Ich war mir nicht ganz sicher, ob ich mich damit richtig verhielt. Es war nicht klar, ob dieses Spiel real war. Welcher Teil von ihm real war. Es war nicht einmal sicher, ob es überhaupt ein Spiel war. Woher konnte ich wissen, ob diese Nacht zu den ironischen oder zu den ernsten gehörte. Woher dieses Wissen schöpfen. Das wird sich herausstellen, wenn alles vorbei ist. Wenn man eine ironische Nacht ernstnimmt, hat man genau solche Gewissensbisse, als wenn man eine ernste Nacht ironisch nimmt.

»Du willst eben, daß es bleibt«, sagte er. »Du willst unbedingt, daß es bleibt, bleibt, bleibt, hängt, hängt, sichtbar ist, liegt. Daß es tot ist, denn nur etwas Totes kann so lange hängen und sichtbar sein. Etwas totes Schönes. Ein Stilleben. Ich aber mache laute und häßliche Dinge voller Leben, die wenigstens nicht lügen, denn was nicht mehr sein will, als es ist, kann keine Lüge sein. Ich bin zumindest frei von Heuchelei.

Du Barbar aus dem Osten«, sagte er leise und leidenschaftslos. »Immer seid ihr zu spät dran mit der Bewunderung für das, was wir tun. Daß es bleibt«, er prustete, »ein furchtbar alter Gedanke. Vielleicht glaubst du auch noch an Gott?«

»Nein«, log ich ein bißchen und wurde rot.
Er drohte mir mit dem Finger.
»Da bin ich mir gar nicht sicher. Du hast mich nicht überzeugt. Dein Strich ist so dünn, daß sich eine große Schar Engel auf ihm setzen könnte.«
Vielleicht ist es doch eine ernstzunehmende Nacht, überlegte ich. Man kann nie wissen, und das Risiko bleibt immer ziemlich groß, im Leben gibt es überhaupt nicht viele ernste Nächte, die nicht von Träumen bewachsen, warm zugedeckt oder an Narren verpachtet sind. Ob er ein Narr war?
»Was du machst«, sagte er, »ist Unterhaltung. Eine Quelle des Vergnügens. Du mehrst das Vergnügen auf dieser Welt. Und eben das ist völlig sinnlos.
Sie mit Vergnügen zu füttern, während sie doch nichts anderes tun, als durch die Welt zu laufen wie durch eine große Wohnung und in jede Ecke zu schauen, ob sich da nicht doch noch ein Löffelchen Vergnügen herauskratzen ließe. Früher genügte es ihnen, wenn sie nach der stundenlangen Plackerei in Fabrik und Büro ihr Vergnügen hatten. Ich weiß nicht, ob du die Sessel gesehen hast, die sie sich heute für die Arbeit entwerfen, wie ihre Büros, ja sogar die Schreibmaschinen und Computer aussehen. Das sind Vergnügungswerkzeuge. Sie sind halbtot von zuviel Vergnügen. Sie schlurfen beim Gehen. Sie sterben früh dadurch. Sie fahren in großen Autos zur Arbeit und hören dort Bach. Während der Arbeit hören sie Schubert. Zu Hause Wagner. Sie sind zuckerkrank, bekommen zuviel Süßigkeiten. Und du machst ihnen noch eine Praline...«
»Es ist alles getrennt«, sagte ich. »Das was geschieht, und das was aussieht. Das was sie empfinden, und das was ich empfinde. Das was du sagst, und das was ich höre.«

Eben noch war die Feuerwehr hier. Wieder sah ich das Feuer züngeln und Frauen die Treppe hinunterlaufen. Eine Lawine wälzte sich ins Erdgeschoß. Eben noch hat jemand geschrien. Ein Körper versperrte den Weg. Eine Frau wurde ohnmächtig. Jemand weinte.

»Natürlich«, sagte ich, »es geht ums Vergnügen. Du hast Recht. Um eine besondere Art Vergnügen. Es ist kein leichtes Vergnügen. So wie manchmal ein kleiner Raum zwischen süß und salzig entsteht. Ein schwieriger Spaß. Ein Schritt in die falsche Richtung, und das Gleichgewicht zerfällt.«

»Und wozu das, wohin führt das?«

»Ich weiß nicht«, sagte ich. »Vielleicht geht es darum, sich einen harten Abprall für den Sprung zu verschaffen, der eines Tages erfolgt. Aber vielleicht führt es auch zu nichts.«

Ich sah ihm ins Gesicht, das nur von einem Kerzenflämmchen erhellt war, denn nach den stürmischen Ereignissen dieses Abends hatte die Feuerwehr den Strom abschalten lassen. Das Kerzenlicht war beweglich und unbeständig, es flackerte auf seinem Gesicht, es kroch auf die Nase, ruhte auf der Stirn, drängte zwischen die Lippen, erglänzte auf den Zähnen. Er ist kein Narr, dachte ich plötzlich, beinahe zärtlich. Er existiert ja, er ist erschöpft. Er ist dieser weiche Klumpen, diese warme Skulptur, nur von einer kleinen Kerze beleuchtet. Er hat so wenig, soviel nur, wie in Reichweite des spärlichen Kerzenlichts liegt. Irgendwo dort, unter der Oberfläche, unsichtbar sogar im hellen Tageslicht, sind seine beweglichen Schätze verborgen. Die lebhaften jungen Schlangen seiner Gedanken. Seine Freiheit.

Wir wachten beide. Die Kerze brannte ruhig, mit irgendwie unendlicher Ergiebigkeit. Das Wachs wurde gar nicht weniger.

Du weißt doch, sagte sein Kopf, du weißt doch, daß nichts da ist. Jetzt ist es schon spät, sehr spät, und du brauchst dich nicht zu verstellen, du Barbar. Du brauchst nicht einmal so zu tun, als wärest du ein Barbar. Niemand schaut dir zu, niemand kontrolliert dich. Deine Freunde schlafen schon. Die Journalisten schlafen schon. Die Kritiker schlafen schon. Die Federbetten auf den Kunsthistorikern rühren sich und seufzen. Sogar die Pfarrer schlafen schon. Die katholischen und die protestantischen. Ihre Haushälterinnen auch. Parteimitglieder und Parteilose schlafen. Jetzt ist nichts da. Verschlafene Polizisten patrouillieren die leeren Straßen der Stadt. Irgendein portugiesischer Dichter schläft noch nicht. Irgendein Liebespaar ist dabei, die Art zu erhalten. Aber das zählt schließlich nicht, sagte sein Kopf. Du kannst schweigen, soviel du willst, ich weiß auch so, daß deine Gedanken nervös zucken wie die Muskeln eines Spürhundes, der die Wildente entdeckt hat. Auch die Hunde schlafen.

Es wäre großartig, wenn etwas da wäre. Ich wünschte es mir. Ich würde einen Monat meines Lebens geben, sogar den Juni, den ich so mag. Das heißt, etwas ist ja da, Freude, und du weißt das gut, wir erreichen sie nur auf unterschiedliche Weise. Aber unter ihr ist nichts mehr.

Wenn nicht gerade du vor mir säßest, du schweigsamer Barbar, würde ich mich nie auf solche merkwürdigen Überlegungen einlassen. Aber manchmal habe ich den Eindruck, daß ich für uns beide spreche. Du bist schüchtern und schämst dich, das auszudrücken, was ich sage. Ich spreche für uns beide.

Mein Kopf widersprach.

Nein, du sprichst nicht für mich, dachte mein Kopf. Ich wußte, daß auch auf ihm das fahle Licht der ausdauernden Kerze wanderte. Auf den Lidern und unter den Lidern spürte ich das leichte und gelbe Gewicht dieses Lichts.

Aber eben diese Beleuchtung war der Grund, daß ich nahe daran war, zu halluzinieren. Proportionen und Bezugspunkte waren verschwunden. Sein Kopf kam mir manchmal so riesig vor wie der Mond und schrumpfte dann wieder auf die Größe eines Tennisballs zusammen. Auch mein Kopf war von dieser ruhelosen Bewegung erfaßt. Auch er wuchs an und wurde kleiner. Bisweilen war er größer als mein ganzer im Schatten verborgener Körper, dann wieder wurde er so klein wie ein Stecknadelkopf.

Gib es zu, drängte sein Kopf, der jetzt im ersten Viertel stand, gib zu, daß nichts ist. Gib zu, daß du den Barbaren nur spielst. In Wahrheit bist du genauso wie ich. Man hat mir einige Bemerkungen von dir erzählt. Du entwickelst dich. Näherst dich mir.

Sag, daß nichts ist.

Mein Kopf verharrte in verbissenem Schweigen.

Er wollte den Mund nicht öffnen.

Der Mund wollte nicht sprechen.

Wenn es eine Suche gibt, dachte ich, muß es auch etwas geben, das man sucht.

Eine so hartnäckige Suche kommt nicht ohne Objekt aus, dachte mein Kopf.

Du spielst den beharrlich schweigenden Barbaren.

Die, die dich bewundern könnten, schlafen schon. Nur wir zwei sind wach. Wir haben doch schließlich keine Geheimnisse voreinander. Wenn du willst, verspreche ich dir, daß ich niemandem von deinem Geständnis erzählen werde.

Wenn deine Freunde, die du so fürchtest, erwachen, werde ich schweigen, ich verspreche es.

Sag, daß nichts da ist. Du kannst hinzufügen: Außer Freude, manchmal. Außer Trauer, oft.

Sag etwas. Gesteh. Du bist nichts weiter als ein Anbeter der Heuchelei. Der Heuchelei. Du wurdest im Geiste einer edelmütigen Heuchelei erzogen.

Du schweigst.

Es ist ohnehin bedeutungslos, was ich jetzt sage.

Wichtig ist nur, wer zuerst einschläft.

Obwohl auch das keine Rolle spielt.

Es wurde noch nicht hell. Im November gibt es fast keine Morgendämmerung, der Tag schleicht sich an wie ein feiger Dieb, der in einem Tante-Emma-Laden bescheidene Beute sucht.

Der Unterschied zwischen uns, sagte mein Kopf, verschwimmt in der Nacht. Es ist ein Tagesunterschied. Jetzt sind wir uns nicht feindlich gesonnen.

Ich weiß nicht, sagte mein Kopf, ich weiß es wirklich nicht. Unbewegt, wenn du unbewegter sein könntest. Denn um Bewegung zu begreifen, muß man unbewegt sein. Man braucht nicht selbst Bewegung zu werden, um sie zu verstehen. Ein kreisendes Rad hat Bewegung in sich und bleibt doch auf der Stelle. Legte man es nur auf den flachen Boden, so führe es los.

Weiß nicht, weiß nicht, spottete sein Kopf. Du bist der Sklave deines Kopfes und tust alles, was er dir befiehlt.

Ich unterbrach ihn.

Es gibt etwas, das auseinanderreißt, und etwas, das zusammennäht. Was auseinanderreißt, wird auch so, unabhängig von uns, auseinanderreißen, du Schnelläufer. Es braucht keine Hilfe. Nur soviel. Nicht mehr. Sogar bei uns wird nicht mehr verlangt als das, sei ganz beruhigt.

Die Stadt begann schon zu rauschen, verschlafene Autos bewegten sich schnell über den Asphalt und verhießen zugleich die Munterkeit des Morgens. Ein unsichtbares Flugzeug dröhnte, über ihm kreisten Satelliten. Über ihnen der Merkur.

Wer wird eher einschlafen.

Die Kerze brannte ruhig, sie hatte ein reines Gewissen, gewiß.

Meine Augenlider wollten schlafen.

Auch seine Lider, das sah ich, wurden immer schwerer.

Der Führer schlief auf dem Schlachtfeld ein, die Kuriere konnten ihn gerade noch dazu bringen, die Berichte von den verschiedenen Stellungen der mörderischen Schlacht zu lesen. Die bösen Vorzeichen mehrten sich. Ein Rabe setzte sich oben auf das Zelt des Führers. Sein Pferd fiel plötzlich, obwohl vorher alle seine Ausdauer bewundert hatten. Jemand entdeckte ein Otternnest dicht bei dem Mast, der das Zelt stützte. Die Tiere verwandelten sich in Briefe voll schlechter Nachrichten. Sie selbst wußten nichts von ihnen. Der Umschlag kennt den Inhalt des Briefes nicht. Wir selbst erfahren ihn immer zum Schluß, oder überhaupt nicht, denn den Moment, in dem das Bewußtsein entschwebt, kann man ja wohl schwerlich als Benachrichtigung darüber ansehen, was gerade geschieht. Die anderen schauen beunruhigt, mitleidig und neugierig zu. Sie wollen gut behalten und weitererzählen, was sie gesehen haben. Die Sinne schweigen.

Mit den letzten Kräften noch kämpfend gegen die Drapieren des Schlafs, gegen den stickigen Lorbeer des Schlafs, noch im Bewußtsein dessen, was vorher war und was jetzt sein sollte.

Der Augenblick des Einschlafens selbst läßt sich nicht erfassen. Nur die Schwalben beschleunigen den Flug. Ihr Pfeifen verstummt.

Sein Kopf sprach noch, Silben und Worte verschlingend.

Sag es, bat er, sag.

Er brummte.

Geliebter Barbar. Sie hören dich nicht. Sie lieben dich nicht. Du brauchst keine Rücksicht zu nehmen.

Wer kann länger wachen.

Die Kerze nicht gerechnet, denn sie wird am längsten wachen und dann verschwinden wie ein Geist, weich und gezähmt.

Es wird keine Antwort geben, der Bote ist gegangen, sichtlich enttäuscht, denn er hat nicht einmal das erwartete Trinkgeld bekommen; es regnete und stürmte, bei solchem Wetter sind die Empfänger von Telegrammen freigebiger als üblich, sie freuen sich, daß sie nicht aus dem Haus müssen.

Immer gibt es etwas noch Tieferes. Die Freude des Suchenden rührt daher, daß das, was er sucht, sich immer weiter entfernt und immer riesiger wird, denn es ist unerschöpflich. Arm, wer gefunden hat. Ihr erkennt sie auf Photographien: Sie stehen in Siegerpose, lächelnd oder ernst, aber in ihrem Mundwinkel lauert eine winzige Grimasse der Enttäuschung, nicht größer als ein Reiskorn.

Der Schlaf war schon ganz nah, er kam wie die Flut des Ozeans, wie eine Schlagwelle.

Du glättest zu sehr, flüsterte jener Kopf immer noch. Woher weißt du, wie der Strich sein soll? Er sollte von dort kommen, nicht unsere Sache ist es, seine Maße zu bestimmen. Du Schwächling, mir scheint, du brauchst Ideen. Ich tue nichts anderes als zu warten. Ich warte, was kommt. Diese Sachen von mir, die du erlebt hast, sind erst der Anfang. Woher kann ich wissen, was später passiert und was es sein wird.

Das weiß ich nicht, sagte sein Kopf, immer ferner.

Der Schlaf hielt hochgetürmt inne, wie die steile Woge auf einem japanischen Holzschnitt. Vereinzelte und salzige Tropfen des Ozeans fielen auf meine Süßwasserstirn.

Wir saßen beide unter dem Gebäude des Schlafs. Unter der Traufe des Schlafs. Leichte Tropfen, Schneeflocken gleich, schwankten im Wind und wirbelten sehr lang, bevor sie sich auf seiner oder meiner Stirn setzten. Wir saßen in der Nische, die im Bauch der großen Woge entsteht. In einem gewissen Sinne waren wir völlig sicher, wenn man davon absieht, daß sich salzige Tropfen von der Decke lösten und die Gedanken trübten. Aber kann man so anspruchsvoll sein, kann man dem Wunder mehr abverlangen, als es uns geben will? Ab und zu fielen kleine Fische, deren Namen oder Bezeichnungen ich nicht kannte, aus dem porösen Wasser und zappelten hilflos auf dem Boden.

Welche Antwort konnte ich ihm geben. Der Bote war zurückgekehrt. Er klagte über das schreckliche Wetter und bat, ihm für einige Zeit Unterkunft zu gewähren, bis der Sturm sich gelegt hätte. Vielleicht fällt Ihnen gerade in dieser Zeit eine Antwort ein, sagte er. Denn sehen Sie, ich habe Ihnen ein Telegramm mit bezahlter Rückantwort gebracht und sollte eigentlich nicht mit leeren Händen umkehren.

Der Schlaf sättigte sich und wuchs, wurde kräftiger, die Zahl der senkrecht über unseren Köpfen aufgetürmten Stockwerke stieg. Ein Empire State Building aus Schlaf hing über mir, silbrige Fische schimmerten dort wie die kleinen Münzen am Grunde jener Springbrunnen, zu denen man gern zurückkehren würde. Das gedämpfte Tosen des Ozeans, ein ovales Tosen, eingesperrt in dieselbe Tonne, die das Wasser beengte, kam nicht näher und entfernte sich nicht.

Wie langsam der Ozean atmet. Stunden dauert die Wanderung der ungeheuren Luftmassen zu seinen aufnahmefähigen Lungen. Dann herrscht für lange Zeit absolute Stille. Es könnte scheinen, als hätte er das Atmen vergessen, oder als verende er. Aber nur ein

Weilchen noch, und weiße Wasserstrahlen, mit Sauerstoff gesättigt, schießen aus den Nüstern des Wals.

Man wußte nicht, wie diese Nacht enden würde. Niemand wußte das, niemandes Kopf. Wer siegen würde. Ob überhaupt ein Sieg in Frage kam, da wir doch beieinander saßen, beide ein wenig geduckt, und beide in derselben Nische des Ozeans. Es fehlte die Menschenmenge, die uns zum Kampf aufgewiegelt hätte. Der Schlaf wiegelte nicht auf, er erhob sich nur wie eine schweigende und glatte Mauer, eine Mauer aus Millionen Wassertropfen; weiß und trocken, denn die Haut des Wassers ist trocken. Er wuchs und wurde kräftiger.

Möge diese Wirklichkeit sein.